全国中考语文
热点作家
作品精选

决不辜负春天

李娟 著

中学生必读励志类经典美文
中考作文素材类优秀作品

作者曾多次命中中考作文及阅读理解原题

哈尔滨工業大學出版社
HARBIN INSTITUTE OF TECHNOLOGY PRESS

图书在版编目(CIP)数据

决不辜负春天 / 李娟著. —哈尔滨:哈尔滨工业
大学出版社, 2017.1(2025.5 重印)
(全国中考语文热点作家作品精选)
ISBN 978-7-5603-6274-8

Ⅰ. ①决… Ⅱ. ①李… Ⅲ. ①散文集-中国-当代
Ⅳ. ①I267

中国版本图书馆 CIP 数据核字(2016)第 260414 号

策划编辑 张凤涛
责任编辑 何波玲
装帧设计 恒润设计
出版发行 哈尔滨工业大学出版社
社　　址 哈尔滨市南岗区复华四道街 10 号　邮编 150006
传　　真 0451-86414749
网　　址 http://hitpress.hit.edu.cn
印　　刷 哈尔滨市石桥印务有限公司
开　　本 787 mm×1 092 mm　1/16　印张 12　字数 190 千字
版　　次 2017 年 1 月第 1 版　2025 年 5 月第 6 次印刷
书　　号 ISBN 978-7-5603-6274-8
定　　价 25.00 元

目　录

第一辑　舍不得的好人生

第二辑　静水流深

第三辑　那些美好的事

第四辑　遥远的童话

第五辑　爱的天堂

第一辑　舍不得的好人生

一生不舍的无非就是这些：骨肉至亲，三两知己，清茶一盏，好书几卷，陌上烟花，柳丝如烟。似水流年里，读书，写字，品茗，赏花，舍不得的好人生不过如此吧。

慢

在苏州的山塘街,遇见一位卖茉莉花的老婆婆。她坐在街角的小木凳上,身旁放着小竹篮,竹篮里盛满洁白的茉莉花。她低着花白的头,苍老干枯的手指,轻轻捻起那些小茉莉。雪白的茉莉,淡然、羞涩、洁净,如待字闺中的少女。她将一根细铁丝从花蕊中穿过,不一会儿,一串茉莉花就穿好了。她缓慢的举止,满头的银发,慈祥的模样,那么像我的祖母。我蹲在她身旁静静地看着,茉莉如一群白衣的小姑娘排着队,牵手站在一起,我买了几串茉莉花,戴在手腕上,清芬袅袅,有暗香盈袖。

慢,原本这样娴雅和静好。

遥远时代的爱情,同样是缓慢的。

读木心的诗:从前的日色变得慢,车、马、邮件都慢,一生只够爱一个人。

那时的爱情如黎明的薄雾一样美。云中锦书,枝上花笺,水中鱼笺,都是特指书信的。俩人早已心心相印了,都不着急说破。他寄来一封书信,她等了很久,收到了,也不舍得马上打开。于是放在枕边,等到静夜里展开了细读。如水的月光落在宣纸上,如白雪落梅花,暗香盈盈。他缜密的心思,柔肠百折,无尽的相思,此刻,都由一支笔替他说了。好文字都是直见性命的,世间再没有比情书更美好的文字了,不是吗?两颗心为爱所牵,为爱陶醉。她问,什么是爱情?他说,我心里全是你。

那时的相思也是缓慢的,如同深夜的炉火上熬着的一炉中药,慢慢地煎熬,风中弥漫着中药苦涩的味道,还有一丝淡淡的甜,那是思念的味道。

慢,是在苏州留园里听苏州评弹。小桥流水,水榭亭台,也只有在古老的姑苏,才滋生出人世间最美的声音——苏州评弹。吴侬软语,那么柔软、湿润、惆怅,无尽的缠绵,浓郁得化不开的情思,细听原来是一曲《梁祝》。台上一袭长衫的翩翩男子,是从周瘦鹃笔下走出来的吗?穿桃红色旗袍的女子,仿佛一朵嫣然的蔷薇，她唱着：同窗共读三长载，你和我促膝并肩两情深似海，你我在人间不能成婚配，身化彩蝶花丛翩翩双飞，天长地久不分开。

“安得与君相决绝，免教生死作相思。”台下的人早已听得泪水涟涟。此时，光阴也是迟缓的，缓慢到用一个下午，品味古老爱情的百转千回，万种柔情，内心无比柔软伤感。一对恋人，情投意合，生死相许。她活了那么多年，原来只为了和他相遇。

遥远时代的爱情，是光阴酿成的一坛美酒，芬芳醇厚，意味悠长。

如今的爱情，仿佛是一瓶冰镇饮料，色彩斑斓，爽口解渴。但是，值得回味的太少太少。现在的爱情来得太快，去得更快。如电影《大城小事》中的台词：我们太快地相识，太快地接吻……然后又太快地厌倦对方。漫画家钱海燕说，在古典文学作品里，主人公的初吻一般发生在下册。

一切都是因为“快”。爱情里的情意绵绵，柳暗花明，峰回路转，都因为一个“快”字而意味尽失。

我们匆忙的眼睛来不及细看，匆忙的耳朵来不及倾听，浮躁的心来不及慢慢感受，匆忙的脚步总是太快，与生活中的美好和真爱失之交臂。

我的老师说，读大家的文字，觉得他的心就是一把紫砂壶。不论怎样平凡的琐事，装在这把紫砂壶里，倒出来的“茶”都是有香味的。是啊，好文字当然是有香味的。

读王世襄先生的《京华忆往》，他是京城第一大杂家。有人曾说，中国一个世纪可以出一个钱锺书，可是几个世纪也难出一个王世襄。他不仅写明式家具、器物文玩，也写百灵鸟的鸣叫、蝈蝈的歌唱、铜炉的妙趣，处处以小见大，童心盎然，妙趣横生。他年轻时曾就读燕京大学，一日，邓文如先生正在课堂讲《中国通史》，他怀中的蝈蝈忽然开始唱歌，邓先生训斥道：“你给我出去！是听我讲课，还是听你的蝈蝈叫！”众人哗然。人常说，玩物丧志，可是他却是“玩物成家”。他还说：“一个人连玩都玩不好，还能把工作做好吗？”

闲了，慢慢品味他的文章，恬静美好，一派天趣。世间万物在他的笔下，皆具性情，那是闲情逸致，淡定从容，也是生之趣味。人世细小的喜悦和乐趣，都在他的文字里。我随着他的一支妙笔，回到纯真嬉戏的童年，重回到故园，回到生命的根。恍然明白，好文字正是这样慢慢写出来的，从容不迫，雅洁美好，写尽生命的幽微，月白风清。

慢也是情趣。落雪之夜，围一炉红泥小火，读一本旧书，品一杯苦茶香茗。张潮说，春听鸟鸣，夏听蝉声，秋听虫声，冬听雪声。世间所有美好的声音，几乎都被他写尽了。是啊，我们有多少个秋冬，没有听见虫鸣与雪声了？落雪之夜，时光是缓慢的，用一个冬夜听雪，读书，想念一位故人。

在江南采莲的季节，我去杭州的虎跑寺参观李叔同弘一法师纪念馆，他三十九岁时在这里出家。纪念馆的陈列柜里，摆放着他和学生丰子恺共同创作的《护生画集》。丰子恺一生敬重李叔同，深受他的影响，文字和画里饱含大爱。丰子恺为了报答师恩，开始了《护生画集》的创作，他画，法师写。弘一法师六十三岁仙逝，留下他一个人继续画。他为创作六集的《护生画集》用去了四十六年的时光，直到生命的尽头。

师生情谊，如清风明月，山高水长。他用这样的方式，坚守一份师生约定，也用漫长的一生，去怀念一个人。情深义重，千古情怀。

那个时代的人，生活节奏缓慢，步履从容，心境澄明。也只有气定神闲，内心宁静的人，才能听见自己心灵的呼吸，不是吗？

生活中不能没有风雅，世间一切的优雅、情趣，都自“慢”中得来。

大凡美好而珍重的事情，都需要慢慢等待，慢慢欣赏，比如好书、好物、好人、好情……

点评

本文曾入选中考试题。“慢”是全文的线索，贯穿全文。全文围绕“慢”展开深层思考，认为大凡美好而珍重的事情都需要慢慢等待。本文简洁明了，充满浪漫的艺术气息，令人回味无穷。

素颜如雪

在凤凰小城遇见一家卖银饰的店铺，店名“素”。银镯子上刻着缠枝的莲花，不华丽，不张扬，雅致素朴。一件件银饰上，有的镶嵌一块刺绣，有的镶嵌一片青花瓷或一块黝黑的沉香木，有着光阴的味道。我在心里默默念着，仿佛一位小家碧玉的名字，素颜如雪；似一杯萦绕在舌尖的清茶，淡如微风，少有的清雅和回味。

暮春时节，院中的栀子花开了，白色花朵立在翠绿的枝头，如白衫绿裙的少女站在清清溪水边，说不出的素洁和美好。摘几朵插在透亮的瓶中，连梦里也是栀子花幽幽的清香。

读明人张岱《湖心亭看雪》：“崇祯五年十二月，余住西湖。大雪三日，湖中人鸟声俱绝。是日更定矣，余拏一小舟，拥毳衣炉火，独往湖心亭看雪。雾凇沆砀，天与云、与山、与水，上下一白。湖上影子，惟长堤一痕，湖心亭一点，与余舟一芥，舟中人两三粒而已。”

此时茫茫天地之间，山长水远，万籁俱寂，只听见雪在枝头簌簌落下的声响。天地之间，粉妆玉砌，一派洁净。他在舟中，手捧一卷书，围一炉红泥小火，品一杯苦茶香茗。桌上的宣纸上落了一行诗句：晚来天欲雪，能饮一杯无？此时坐对一窗雪，如同坐对一卷书，听雪落寒窗，煮酒、品茗、读书，世间还有比这惬意优雅的事吗？

几百年来，赏雪吟诗的文人们来去匆匆，唯有张岱手中的笔，极简极淡。他似乎信手在西湖的舟中泼洒一幅水墨丹青，寥寥数笔，清淡、素净至极。好文字原来正是这样，不是花满枝丫，不是姹紫嫣红开遍，而是风尘俱静、素雅纯粹。那些文字有画意，有诗情，更有无限回味。

读季羡林先生暮年的文字，也是满目素洁和干净。不唱高调，质朴无华。好文字原是清新自然，素面相见。他放下枝头所有的繁华，沉浸在文字的泥土中，简静、纯粹。人生到了他那样的境界开始做减法，删繁就简三秋树，留下清绝、风骨的枝丫伸向天空，如一棵傲雪的苍松。

在古老的徽州，遇见一块石碑，碑上刻着“圣人孩之”。季老到了人生的暮年，将人生活得明白和透彻，一位大家，终生保持一颗孩童般对万物敏感、天真、纯净的赤子之心。暮年时候，卸下尘劳，回归生命的本源，只留下雅洁风骨的文字，走了。

我喜欢画家林风眠的画，他笔下的仕女真是冰清玉洁。白衣的翩翩女子坐在堂中，黑发挽起，细细的眉，朱唇一点，纯洁素雅，安详从容。一身素衣，却胜过万紫千红。她不怒不怨，不悲不喜，彻底绝了尘世的烟火气。

她在画中，或凝神，或抚琴，或低眉，你会感到，原来优雅娴静也是一种奇妙的力量。她身边细腰的青花瓷瓶中插着花，花是白色的莲花，犹如一位圣洁的女子盛开在男子的心中，纯洁似缥缈遥远的梦境。令男人一辈子心心念念的女子，何尝不是心头的梦？无法触摸，遥不可及，只有留在心底、梦里、画中。

一对夫妻，暮年时的爱情素净如雪。老年的钱锺书、杨绛夫妇是一对相濡以沫的知己。有人来访，敲开门，杨绛先生不说话，寄出一张纸条，上面写着，钱先生在读书，不能接见来宾。原来，杨绛先生不说话，是怕惊扰了钱锺书先生读书。是啊，只有她懂得他，半个多世纪的相依相伴，她成了他骨头里的钙，是他的呼吸，是他的氧气。他们之间没有甜言蜜语，连爱情都显得多余。终无语，竟是最深情时。她是他的右手和左手，情同手足，唇齿相依，似水流年里的恩情都在相依相守里。

看一幅油画，傍晚昏黄的烛光下，屋中桌前坐着一对老人，白发的男子戴着老花镜在看报纸，老妇人低头在编织毛衣。桌上放着一台收音机，俩人似乎都没有听。他们默默相伴静坐着，不说一句话。光阴似乎已经静止了。原来尘世中最后的爱，竟是默默无语，不着一字。共一盏灯火，共度天阶微凉，直到地老天荒。一生相守，老来就成了那幅画，素净安详如两尊佛。

记得在中国美术馆看吴冠中先生画展，我站在那幅残荷前，惊呆了。荷塘结了冰，只剩下一朵朵残荷在冰雪中挺立着，与我素面相见，清远静美。一瞬间，荷的清气扑面而来。记得风动荷花香还是昨天，一转眼，冬天来了，雪落了下来，留得残荷听雪声。那些雪中的残荷，犹如一个人的暮年，霜严雪寒中，自有一份气定神闲，铮铮铁骨，有品格，更有气节。

读唐诗宋词，仿佛可以看见那个时代的风景，感受到那个时代的心灵，有我们现代人无法想象的清澄和素洁。眼前似乎有了一幅画，山寒水瘦，一个人独坐茅屋，听雪落寒窗，一抬头，见一叶孤舟泊在江面。日暮苍山远，天寒白屋贫。隔着漫漫岁月，清凉和安然的气息迎面扑来。

素，于喧闹浮躁的尘世间，原来是一首唐诗，一阕宋词。素，是生命的大美和庄严，也是人生另一个难得的境界。

点评

本文曾入选中考试题。文中作者表达了对“素”的赞美，点明文章的主旨。素是全文的线索，以形象的比喻和诗意的语言，引起读者的共鸣。素，是生命的大美和庄严，也是人生另一个难得的境界。

留白之美

中国水墨画讲究留白。留白处是天空、云朵、大海、皑皑的积雪，给人以无限的遐思，意蕴深长。

西方画正好相反，不讲究留白。赏东山魁夷的画，画面中湖水、落花、森林、山峦，无一例外，被无数色彩铺满，如此纯粹、忧伤、静美。此刻，用任何语言来解读他的画，都显得那样苍白无力。

欣赏齐白石老人的一幅画《几树寒梅带雪红》，这是老舍先生给老人出的一道难题，用诗人苏曼殊的一句诗作画。画中两截黝黑粗壮的枝干忽然间断了，与其他枝干没有连接，几乎显得很突兀。几枝红梅在严寒中怒放，剪雪裁冰，一身傲骨，隐隐还有暗香袭来。细想一下，这两截树干没有画下去，空白的地方不就是皑皑的积雪吗？千朵万朵压枝低，不画白雪，只画树干几枝，留白处就是白石老人笔下的雪，漫天大雪，一个银装素裹的世界，令人拍手称奇。这就是中国画的神韵，也是古老东方的意境之美啊！

爱情也要有留白。沈从文先生写过：爱是半开的花朵。说得多好，半开的花朵，还没有完全盛开，含苞待放，欲说还羞。盈盈一水间，脉脉不得语。那是女子的豆蔻年华，等到花儿全开了，就没有了悬念，没有了猜测和遐想，更没有了悠长的回味。

俩人仿佛隔着清晨的薄雾，看不清她，只远远地看着，如隔岸观繁花，心里想着她，心头的花开了，魂牵梦绕都是她。

爱情里的留白，原来是剪不断、理还乱的相思。

爱情一旦落在婚姻里，仿佛做一场了无痕迹的春梦，一瞬间清醒了。可是，世间任何一种爱情，只有落在柴米油盐、一粥一饭里，才有了人间的烟火气，有了踏实的温暖。半开的花朵是远在云端的爱情，那一刻也只在“人生若只如初见”之时。

其实，婚姻里也要留白，再亲密无间的一对夫妻，一定要留出两个人精神世界的空间来。夫妻间容易做到不离不弃、相濡以沫，但是，能做到比翼双飞、举案齐眉却很难。夫妻相处，应久而敬之。所谓敬，就是尊重对方独立的人格和尊严。她是你的妻子，但是，她永远是一个“独立人”。是的，一个有独立思想和人格的人，才是有魅力的人。夫妻之间只有相互欣赏、相互体谅，精神世界里才能做到琴瑟相合、肝胆相照。比如，作家钱锺书和杨绛先生，一代名士张伯驹和妻子潘素。

读书也要有留白，留得闲逸和散淡。一卷书在手，随读、随记、随忘，那是读书的另一个境界。五柳先生说：“好读书，不求甚解，每有会意，欣然忘食。”看来，不求甚解，乃是读书的真趣，也是读书时的留白。初次读书时囫囵吞枣，忘乎所以，过些日子，再翻开来细读，一瞬间，柳暗花明又一村。留白，就是留下思考和回味的时间。

荷花盛开的季节，我在苏州园林里留恋。恍然明白，苏州园林的建筑处处讲究留白。原来，只有胸中有山水的人，才处处留白。

有些美一直藏在意念里，不可说，不可诉，仿佛一开口就意味尽失。这就是苏州园林的美，艺术的美，爱情的美，文字的美。

佛家言娑婆世界，娑婆即遗憾。你不禁要问，世间为何要有遗憾？因为，遗憾就是留白，没有遗憾的世界，给你多少幸福和圆满，你也会感受不到。

再美好的东西，都要有留白。水满则溢，月盈则亏。好文字不会写得太满，也不可以把话说尽。

花未全开月未圆，就是人生最好的境界。

人只有渐渐年长，才能懂得节制、自省，也懂得了留白之美。

点评

本文曾入选中考试题。从齐白石的画里留白，再到爱情的留白、读书时的留白、苏州园林的留白，信手拈来，从容典雅，进而阐释了再美好的东西，都要有留白，才是人生最好的境界。本文具有很高的艺术审美趣味，为读者留出了广阔的想象空间。

相　　思

清晨,当金色的阳光洒满小院,奶奶说要去看望姨奶奶,自然就会去小卖部买几包点心。

小卖部是村里最令我心仪的地方。高高的木柜台里站着一位阿姨和一位漂亮的大姐姐,大姐姐穿一件白底红花的上衣,爱笑,露出一排糯米般的牙齿。白皙的脸颊上有一对酒窝,春意荡漾。一双大眼睛水汪汪的,泊着一对黑葡萄。两条乌黑乌黑的大辫子,直垂在腰际,麻花辫子梢上扎着一对粉色蝴蝶,腰身细细的,她每一次转身的样子极好看。村子里打麦场上放电影,我觉得电影里那首歌就是唱给她的:上河里的鸭子下河里的鹅,一对对毛眼眼照哥哥……我以为她就是那个毛眼眼的姐姐。

奶奶说,称一斤酥饼和一斤点心,我就听得心花怒放。

酥饼被大姐姐整齐地摆放在棕色的粗纸上,再称上一斤白皮的点心,点心上缀着小红点,如同白胖胖的小娃儿额上贴的小红点,无限喜气。酥饼圆圆的,点缀几颗黑色的芝麻,像一张长着雀斑的小脸,可爱,可亲。咬一口香甜酥脆,唇齿留香。她铺好两张棕色的粗纸,粗纸上隐隐有麦秆,粗糙、原始、朴素。她把酥饼堆放成宝塔形,然后在粗纸外包一块方方正正的红纸,大红底子上写着黑色的“福”字,透着俗世生活的喜庆和美好。大姐姐头顶上方挂着一卷草绳,草绳在她白蝴蝶般的手指间飞快地缠绕着,灵巧而神奇,在我眼里,她像是个魔术师,一瞬间就包好了点心。我的头刚高过柜台,小手扒着柜台,踮着脚看着点心,嗅着一股淡淡的甜香,忍不住直咽口水。

奶奶掏出青色的手帕,小心翼翼,一层层打开来取钱。大姐姐收好钱,也不数,她头顶上方横着一根铁丝,上面常年挂着一个铁夹子,她将钱夹在铁夹子上,手臂一挥,只见一道优美的弧线,“呼啦”一下,夹子就到了阿姨的头顶,整个过程酣畅淋漓,洒脱流畅,一气呵成,那么美。

我拽着奶奶的衣襟，走在乡间的小路上，姨奶奶家不远，就在邻村。田野里玉米长得比人还高，像一道绿色的屏障。玉米吐着金黄的胡须，豇豆开满淡紫色的蝴蝶花，像一群爱说笑的小丫头，凑在一起，叽叽喳喳说个不停。黄瓜爬上架子，穿着嫩黄色裙子的花儿招惹来一群群的蜜蜂围着它们跳舞。田埂上偶然会见到一两个金黄的大南瓜，胖墩墩的，像邻居家的二胖吃饱了正躺在地上睡觉呢。我跟着奶奶的小脚，盯着她手里的两包点心，包点心的粗纸隐隐渗出油来，越看嘴里越馋。心里盼着快到姨奶奶家，就可以一饱口福了。我一边走路，手一刻也闲不下来，一会儿摘一朵淡粉色的打碗碗花，一会儿摘一朵黄色的蒲公英。奶奶看见我摘打碗碗花，就训我，小祖宗，快扔掉，摘了会打掉饭碗的。

如今，在街上的西饼店里，形态各异的点心规规矩矩地躺在精致的盒子里，盒子上扎着粉色的蝴蝶结，像是穿着纱裙的公主。可是，我却无限怀念包着粗纸、写着“福”字的点心，有一点儿俗，却俗得那么美。它像一位小家碧玉，朴素、干净、温馨，它不解风情，不施粉黛。似贾樟柯电影里的小街，电线杆、昏黄的灯光，斑驳的矮墙上刷着标语，高大的梧桐树和白杨树哗哗地唱着歌，充满质朴与温情，我仿佛回到童年的村庄。

一天，在一家西饼店看见一盒龙须酥，洁白的银丝盘结在小盒子里，犹如老妇人头上的发髻。盒子上竟有两个字：相思。买来咬上一口含在嘴里，丝丝缕缕，长长短短都是相思。它香甜酥软，甜得有些腻人，香料的味道太重，远不及我童年吃过的点心。含着它，就看见奶奶颤颤巍巍地迈着小脚，走在田间的小路上。路的两旁是一望无际郁郁葱葱的庄稼，虫声唧唧，花草缤纷。她手里提着两包点心，风吹起她满头的银发，我望着，望着，看她渐行渐远，再也看不见，泪湿了眼角。

点评

本文曾入选中考试题。相思，本来是表达男女思念之情，本文却以“相思”为题，写了故乡的人、慈祥的奶奶、小卖部的姑娘、家乡的民风和物产。文章尾段运用虚实结合的写作手法，表现作者对奶奶深切的怀念，处处流露着对故乡深深的相思。本文是一篇朴实无华、文笔优美的佳作。

永不凋零的亲情

在人流如潮的街道上，迎面走来一对父子。暮年的父亲搀扶着他年轻的儿子，慢慢地走着。年轻人头上缠着厚厚的纱布，走路显得十分吃力。父亲低声和他说话，皱纹纵横的脸上荡漾着一缕温情。儿子听着，点头，笑了。人生最艰难的时刻，都是骨肉至亲搀扶着，走那段坎坷崎岖的路。人生寒冷的季节，也只有血脉相连的人，依偎着相互取暖。

导演谢晋有两个智力障碍的儿子，其中一个名叫阿三。阿三在世的时候，每当谢晋外出，他就在门前守着，眯起眼睛来，趴在门镜上向外张望，日复一日，年复一年，痴痴等着父亲回来，谁劝他也不离开，直到额头上的眉毛都被门镜磨得稀疏异常。谢晋对朋友说："只要我一出门，他就离不开门了，分分秒秒等着我回来。"

我忽然懂得那个成语"望眼欲穿"，心中一阵阵的酸楚。

所谓幸福，就是能和自己的亲人厮守在一起。不要让亲人盼自己回家，望眼欲穿。

一位白发的老人，穿着一件洗得发白的蓝色上衣。他拉着一辆简易的板车从商场出来，上面堆满了大大小小的纸箱。车后忽然冒出一个圆圆的小脑袋，五六岁的小男孩，正歪着头，弯着腰，撅着小屁股，用力帮着他的爷爷推车。一张花儿般的笑脸，为老人抵挡了多少岁月的寒霜！

一次，在火车上，我的对面坐着一位五十多岁的男子，带着他八九十岁的母亲。他的母亲行动不便，一直坐在轮椅上。坐得时间久了，累了，就唤他的儿子，要坐到座位上来。儿子抱起骨瘦如柴的母亲，小心翼翼地像是怀抱着一个小小的婴儿。母亲稀疏的白发，如冬日江畔一丛丛洁白的芦花。

张爱玲在文章《私语》中写到她幼年时的弟弟。一次，父亲重打了弟弟一顿，他哭了好一阵儿，忘记了，又去阳台拍皮球玩，而她坐在桌前，端起饭碗，不能说话，眼睛里溢满了盈盈的泪水。继母看见了讥讽她："打的又不是你，委屈的倒是你了。"她看见弟弟挨打，代替不了他，帮不了他，保护不了他，只有哭泣。年幼的她，失去了母亲的庇护，再富足的生活，也没有多少人间温情。她不忍看弟弟挨打受苦，心里疼痛不已，却无以表达，唯有落泪如雨。

可是，七十多岁的张爱玲，孤独地走在异国他乡的街头，看见橱窗里摆放的一种香肠卷，就想起小时候父亲常带她去的一家咖啡馆，父亲总是爱买香肠卷给她吃。隔着悠长的岁月，再苦涩的旧事，也弥漫着人世的一缕温馨。她在风烛残年的时候，终于放下了对父亲的怨恨，放不下的却是尘世间的那一点点暖意。老来多健忘，唯不忘相思。

春日枝头的繁花，好比天边的彩虹，鸟儿羽毛上抖落的露珠，花瓣上滑落的雨滴，节日里的幸福，一转眼就陨落了，过去了。

永远不会凋零的，唯有人间的亲情与真爱。

有人说，所谓爱，只是写在纸上。我说，所谓爱，它渗透、充盈在我们的梦里、心里。

点评

本文曾入选中考试题。本文题目引人入胜。文中几个小故事穿起一串亲情的珠链，颗颗饱满，字字生香。本文文字具有感人而温暖的力量。

名字的芬芳

画家林风眠的名字很有意思，听他的名字，就仿佛看见春日寂静的梨花林里，一只羽毛艳丽的小鸟站在枝头上，迎风而立，微微闭了双眼，嗅着醉人的花香，安宁、从容、悠然。

海子原名查海生，一听就觉得是渔村一个打鱼捞虾的后生。他十五岁考上北大，在北大写诗歌时取名“海子”。梭罗说，湖是大地的眼睛，人们将色彩斑斓的湖泊称为“海子”。海子的人生因为诗歌从此风光绮丽，水波荡漾。然而他只活了二十五岁。他的生命之河干涸了，而他的诗歌永远不会干涸。诗人是上苍最厚待的人，也是最洁净的人，他以诗意的笔锋引领我们听见鸟鸣、花开花落、溪水的流淌，寻找到村庄、大海、家园，引领人到达心灵的彼岸。

作家钱锺书的名字有预见性，暗示着他一生的命运。他一岁时抓周，抓得一本书，故得此名。钱锺书才华横溢，学贯中西。早年他和夫人杨绛先生留学英国，杨绛在英国牛津生下女儿圆圆。杨绛在住院期间，常见钱锺书苦着脸去看她。一次，他说，我将墨水打翻了，染了桌布。杨绛说，不要紧，我洗。几天后他又说，门轴坏了，不能锁门了。杨绛又说，不要紧，我修。他感激之余，对于杨绛所说的“不要紧”深信不疑。钱锺书一生著书立说，但在生活琐事面前却束手无策。幸好身旁有杨绛先生陪伴他，安慰他。

杨绛先生在暮年时写下《我们仨》，她写道：“我一个人思念我们仨。”那时，钱锺书和女儿圆圆已经相继去世，只留下她一个人活着，活在追忆他们相守相依、相聚相失的岁月里。文中流淌着人世生离死别的无限苍凉，也透着单纯的学者家庭相濡以沫的人间温情。上苍不会眷顾我们所有人，它让我们苦苦寻找，相依相伴，而后再彼此永远失散。

张爱玲有一个大众化的名字，几乎张口一喊就有几百人同时应声，但这也挡不住她烁烁的才华。她用一支笔劈开人生的一条道路，她一直昂着头，一生一世的孤绝清高，独自芬芳。读她的散文，语言如同开在枝头的花，左边一朵，右边一朵，让人眼花缭乱，目不暇接。她成为云朵之上的云朵。她活在冷艳苍凉的文字里，让人沉醉其中，心心念念。

三毛原名陈平，她的父母一定想让她有一个平安的人生，毕竟安稳是福。可是，她给自己取名张乐平先生漫画中的“三毛”，从此身如浮萍，浪迹天涯。她的爱人死在大海里，于是，她将自己的魂魄也丢在那里。此后多年里，精神的抑郁和困顿，让她苦不堪言。她强撑着，想给家人和世人一张幸福的笑脸。可是，她是一只失去伴侣的天鹅，形单影只，孤苦无依，余下的生命再没有快乐可言。她将自己挂在一双丝袜上，走了。也许，上苍看她活得太苦了，才召她回去。她去得那样隐忍、寂静、安然。以写作为生的女子，自有傲世的才华，却没有平凡女子俗世中温暖的幸福，她们注定比常人活得寂寞、孤单、漂泊、艰难。她们是云端上的紫燕，飞得太高，却一生寒意弥漫。

这些闪烁如金的名字，沉浸在光阴的皱纹里，流淌在美好文字的脉络里。他们的名字和文字迷漫着醉人的气韵、味道、芬芳，让人流连忘返，沉醉不知归路。

点评

本文曾入选中考试题。名字真的有芬芳的味道吗？本文的题目非常巧妙，吸引读者细细品读。文中以林风眠、海子、钱锺书、张爱玲、三毛的名字为例，阐述他们的人生故事，迷漫着醉人的气韵、味道、芬芳，让人难忘。

爸爸的白发不是老

父亲忽然就病了,记忆力不如从前了。你问他一件事,回答一句话常重复多遍。走路变得慢了,有时一不小心就会摔倒。

我陪他去医院看病,住在医院十五楼的心脑血管科病房。

医生问他,清晨吃什么早点,有几个孩子,他有时答对了,有时会答错。医生又问,你儿子的生日是哪年?他想不起来了,一双眼睛望着我,向我求助,像个无助的孩子。医生冲我摇头,不要我替他回答,他苦笑着,一脸的无奈。

走出病房,我再也忍不住眼里盈盈的泪水。

父亲于20世纪60年代大学毕业,大学学的专业是建筑设计。可是,我那个深夜里伏案画图纸的父亲哪里去了?那个给我辅导高等数学的父亲哪里去了?那个健步如飞的父亲哪里去了?无情的光阴永远带走了我的父亲。

下午,在医院的走廊里,我搀扶着父亲练习走路,一步步慢慢地走。我牵着父亲的手,他的手很温暖、柔软,手背上有了几颗老人斑。散步的时候,我一遍遍地安慰他:"医生说你的症状是最轻的,要好好锻炼,就能恢复得和从前一样。"父亲点点头,像个年幼的孩子,依恋我,对我的话深信不疑。

握着父亲温暖的手,恍然记起我童年时的那年冬天,故乡白鹿原落了一场大雪。冬夜里,父亲要去学校接当教师的母亲,他急急忙忙地穿了件黑色毛呢大衣出门了。我闹着也要和父亲一起去,奶奶说,天寒地冻的,小心着凉!我一甩小辫子,奶奶,我不怕冷!我一蹦一跳,跟着父亲出门了。只见雪早停了,天地之间如粉妆玉砌,一片晶莹。天不黑,因为被白雪映照着,我分不清是黑夜还是清晨。走在一望无际的田间,麦田、老树、村庄、阡陌小径都被茫茫白雪覆盖了,它们在雪夜里安然地入睡。雪后的空气清新极了,清冽如甘泉一般。父亲大踏步地走着,穿着小花棉袄的我,迈着小碎步一路小跑,才跟得上父亲的脚步。我的小手握在父亲温暖有力的大手中,父亲问我,冷不冷?我摸摸冻红了的小鼻子,仰着头说，不冷。父亲撩起大衣，让我钻进他的大衣里。大衣里好温暖，我的脑袋只到父亲的腰间，躲在大衣里一片漆黑看不见道路，有父亲牵着我，我一点儿也不怕。在雪地里，一串串大脚印旁伴着一串串小脚印，一步步踩在积雪上“吱吱”作响。四周万籁俱寂，偶然会听见“扑通”一声，我知道那是雪融化了，从树枝上落在地上的声响。恍惚间，我还是四五岁的小妞妞，父亲还是我的天空，是高山，是大树，是我永远依恋的家。

可是，一转眼间，父亲就老了，岁月的积雪堆满发间。作家朱天文说，爸爸的白发不是老。读着那句话，眼泪落了下来。

我和父亲站在住院部十五楼窗口，倚窗张望，他说，几十年前我刚来小城的时候，这里还是一片荒地，现在都盖满高楼了。

父亲就像是黄昏暮色里的一只倦鸟，卧在高楼上，回忆往昔，回忆他的黑发，他的健步如飞，他的风华正茂，怀念从前……眼里含着无尽的忧伤。

人生是一本太仓促的书，来不及细细品读，光阴流转，一转身，我们成了壮年的他们，父母成了年幼的我们。人间亲情，似水流年里，都是锦上的花。不是吗？你我都来不及慢慢等，在父母的有生之年，好好爱他们。因为两代人生命的衔接处，光阴只是窄窄的台阶啊！

我记得有一幅漫画上描绘的情景：当我们年幼的时候，父母替我们穿鞋穿衣，耐心地喂我们吃饭，带我们去公园玩耍，看着我们奔跑的小小的身影，笑意盈盈。终于有一天，他们年纪大了，走路不稳，手和脚动作都变慢了，该是我们替他们穿衣穿鞋，带他们去公园的时候……我要和他们年轻时候一样，脸上洋溢着微笑。因为，有满鬓霜雪的父母在，有我的亲人在我身旁，我是幸福的。

我要他们知道，我爱他们，在他们白发苍苍的暮年。

点评

本文曾入选中考试题。作者擅长用对比和排比的写法，对比年轻和年老的父亲，情景交融，感人至深，字里行间流露出对父亲的怜惜和疼爱之情，有淡淡的忧伤。生命短暂，我们要珍惜亲情，善待亲人。

小　名

小名是私密的名字，只有至亲至爱知道。

在书店里，偶然见书架上有一套《莎士比亚全集》，译者竟是朱生豪。莎翁的作品，中文翻译最饱满最有神韵的便是朱生豪先生的译本。

写到翻译家朱生豪先生，就不能不提他的妻子——一代才女宋清如。她端庄秀丽，诗文空灵洁净。当时，《现代》杂志主编施蛰存先生曾称赞她的诗文"一文一诗，真如琼枝照眼"。

朱生豪先生在翻译《莎士比亚全集》时说："求于最大可能之范围内，保持原作之神韵。"这位才华横溢的翻译家，一提笔翻译就是近十年。几年里，抗战爆发，时局动荡，烽火连天。他贫病交加，为翻译工作呕心沥血，直至病魔缠身，仅依靠一点儿微薄的稿费维持拮据的生活。此时，妻子宋清如的爱，给了他精神上的慰藉和温暖。他对妻子说："我很贫穷，但我无所不有。"是啊，他有爱情在左，理想在右，即使生活困顿不堪，还是有梦可依。宋清如默默守在他的身旁，支撑他病弱的身体，照料他夜以继日、废寝忘食地翻译，做他忠实的伴侣。

1944年萧瑟的深秋，朱生豪已耗尽生命最后一息的火苗，握着妻子温柔的手，他说：小清清，我要去了。他抛下一周岁的幼子和绮年玉貌的妻子，与她永诀。那一年，朱生豪年仅三十二岁。

小清清，是妻子的小名，是他在家里满怀爱意呼唤着的名字。他走了，再没有人在她耳边柔情蜜意地这般呼唤。从此后，"生死两茫茫，不思量，自难忘"。可是，她知道，只要她还活着，思念就在，他的梦想就在，爱情永恒。在她心里，光阴走了，即使老去鬓白，唯有爱还在。

有时候，爱一个人和坚守一种信仰，几乎没有区别。

尔后，宋清如忍住所有的孤寂和悲伤，于乱世中坚韧地活了下来，她一个人将孩子抚养长大。她教书育人，桃李满园。中华人民共和国成立后，她终于完成丈夫的遗愿，出版朱生豪翻译的《莎士比亚全集》。

见过宋清如女士暮年的照片，神情从容，端然安详。她老了，发如雪，鬓如霜。可是，她依然是他的小清清，今生是，来生也是。

岁末，收到好友自远方寄来的贺年卡。清秀的字迹："娟，有过多少朋友，仿佛还在身边。我们相识二十年了，人生有多少个二十年呢……"她一直这样唤我，一如姐妹手足。

犹记年少时的那一晚，月色如水，晚风清凉，穿着白球鞋、蓝校服的我们坐在校园的操场上看月亮，黄色的月亮，像橘子一样挂在天上。我们说着女孩子的悄悄话，不记得说什么，只记得她说："娟，我只告诉你，这是我们俩人的秘密。"漫漫人生，只那一瞬间铭刻在心，一辈子念念不忘。

多年不见，我去北方的城市看望她。敲开门，见她手上牵着四岁的小女儿，细眉细眼地笑，喜悦如莲花盛开。她唤孩子："快叫姨，姨就是妈妈最好的朋友。"孩子仰着头，给我一张天使的笑脸。我蹲下来看孩子，星星般的眼眸，可爱的童花头，粉嘟嘟的小脸，活脱脱是她小时候的模样。我拥抱着孩子，仿佛拥抱着幼年时的她。望着她笑，笑出了眼泪。真是"昔别君未婚，儿女忽成行"。

森儿五岁时，家里的电话响了，他接起电话，唤我："娟，你妈妈叫你接电话！"我生气地瞪着他，他却得意地"咯咯"大笑起来。

他十岁了，放暑假的时候带他去桂林旅游，正在机场候机，一会儿就不见他的人影，我一着急，就唤他的小名。他背着大包飞奔而来，瞪着黑水晶一样的眼睛警告我："妈妈，在外面不许叫我的小名，叫一声就罚款一元！"旅游结束回家之后，他伸手要钱："妈，缴罚款，共计二十三元。"

"去时陌上花似锦，今日楼头柳又青。"光阴如流水，只有至亲至爱还记得你的小名，那一声轻轻的呼唤，那么令人心喜、心动、心醉、心暖。

点评

本文曾入选中考试题。一篇千字短文，就写活了爱情、友情、亲情，而且写得让人心为之动，情为之涌，唤起读者对人间情意的甜蜜回忆。小名，不是小爱，它牵动着人间大爱。

百年的月光

邓康延先生将一本民国的老课本，呈现在读者的面前。让我明白，光阴的河流中，总有一些东西会留下来，比如智慧、悲悯、仁义、善、美和爱。人与天地万物的脉脉情谊，都在古老的书本里。

翻开一本民国的老课本，沉睡在光阴里的书香一瞬间弥漫开来。文字简静美好，拙朴醇厚，沉静从容。不繁文缛节，不喊口号，不唱高调。天性自然，人性温暖。老课本中的文字，来自源远流长的汉语，一字一意象，一词一乾坤，清气四溢，意蕴深长。美好的文字永远是温润的，有情感的，有力量的。

我似乎成了民国时期的孩子，坐在春日午后洒满阳光的教室里，捧一本民国的课本，语声琅琅，唇齿留香。又仿佛置身文字的原野，奔走其间，满心欢喜。

书中图文并茂，不少插图是画家丰子恺先生所作。我不禁要嫉妒民国的孩子，开启智慧之初就有丰子恺温情的画笔，为他们画下山川、河流、草木、鱼虫、孩子、蚂蚁、月光……他笔下的天地万物皆具性情，诗意流淌，深情款款。那时的孩子多幸福，有慈父一般的画家，教他们惜花草如邻，怜小生灵如手足，因为，我们和它们同是大地的孩子。

一百年前，书中一字一句召唤多少颗懵懂的童心，唤醒一颗颗沉睡的种子。那一刻，风和日丽，岁月静好。上苍微笑着俯视孩子们，等待他们在幽幽书香里慢慢长大。回望民国时期，那时虽金戈铁马，战乱不息，却有精神世界的宁静祥和，淡泊从容。老课本中有静气流淌，童心盎然，即使物换星移，沧桑变换，也经得起日月细细翻阅，依然是一本一生也读不完的好书。

一代代的生命捧着它，温暖生命里每一个寒夜，一代代生命捧着它，润泽每一个幼小的心灵。回首民国时期，总让我想起他们，那些灿若星辰的名字：蔡元培、鲁迅、陶行知、叶圣陶……

课文《秋花诗》中写："春花木本好，秋花草本妍。"文中教我们识得花草芳名,识得花草名,原是上苍布置给我们的功课。世间每一个生灵,都是庄严的。我们认识它们,如同识得自己的芳邻。如今住在高楼大厦里的孩子,听不见布谷鸟的鸣叫,分不清蒲公英和雏菊,闻不见桂花的暗香,却对网络游戏中的人物如数家珍,他们是远离泥土和大地的孩子,是远离花草、树木、溪流、小鸟的孩子。他们张张嘴巴,唤不出几朵花的名字,生活在尘世的他们多么孤单。漫画家钱海燕说:"希望在临终前,给我一个月的闲暇,我想知道世界上每一朵花的名字。"多么有情趣的女子啊!

我幼年时在乡下,院中四季草花如溪,因为祖母喜爱养花。红艳艳的鸡冠花,如一只大公鸡的红冠子,一丛丛嫣红的指甲花立在斑驳的墙角,后来才知道它有另一个名字叫"凤仙",与蔡锷将军的红颜知己同名。晨曦中,淡紫色的萝卜花站在竹篱笆旁,太阳一出来,花儿就萎谢了,多像一个才子的命运。原来它有另一个美好的名字"夕颜"。世间一切美好的东西都命如夕颜,比如青春、爱情、才子、佳人……

《蜘蛛结网》一文,用笔极简极淡,六七岁的孩子,见一张蜘蛛网中落了一只蜻蜓,他执杆挑破蛛网,救出了小蜻蜓。"为鼠常留饭,怜蛾不点灯。"用情如江河开阔,润物无声,人类的仁慈和悲悯才是尘世的大爱。

上苍俯视着救蜻蜓的孩子,俯视着人类的善良与仁爱之心。

《勿贪多》一文,很有趣。读之,余味悠长。孩子将手伸进瓶中取糖果,手里攥了大把,握满糖果的手在瓶中取不出来了,急得大哭起来。身旁的母亲只说了一句话:"汝勿贪多,则拳可出矣。"文章虽短,蕴含人生之哲理。贪欲之念是生命痛苦的根源。我们自孩童时,父母就告诉我们,不是自己的东西,不能拿。吃东西时,白发的祖母对我说,少食滋味好,多食滋味少,意思是吃得过多,难以消化。我们童年时懂得的道理,其实够我们受用一生。勿贪多,教我们懂得节制与取舍。

《天然之美》一文,郑家姊妹俩人,姊喜清洁,谓清洁为美,妹喜妆饰,谓妆饰为美。二人争论不决,乃问母,母说:"清洁为天然之美,且有益于卫生。妆饰为人工之美,复近奢侈,吾以清洁为佳。"如今有许多母亲,爱慕虚荣,为了让女儿出人头地,一夜成名,带着花样年华的女儿去医院整容。郑家姊妹多么幸运,有一位聪慧的母亲，告诉女孩什么是美，天然就是美。其实，一位女子，若想花容永驻，与其化妆和整容，不如多读几本好书。

我家六岁的森儿，指着花店里一盆富贵竹说，妈妈，这盆竹子不好看。我问，为什么？再仔细一看，一盆长长的竹子被编织成花瓶的形状。森儿说，我看着心里好难受。是啊，草木有本心，世间任何生灵，自然生长，枝繁叶茂，从容舒展，就是美的。审美观也是一个人的世界观。

另一文中，母亲正为小儿剪手指甲。文中写道："手有五指。指端有甲。过长则做事不便，又易藏垢，故宜剪之。"看着书中温情的图画，我恍然记起幼年时，母亲在阳光下为我修剪指甲，春风吹起母亲鬓角的秀发，她低着头，温柔的手握着我的手指，我屏住呼吸，不敢大声说话。我们自懵懂时起，有母亲教我们勤洗浴，勤剪指甲，人要洁净，从内而外，不藏污纳垢，才有清洁的人生。我们不仅身体如此，心灵更是如此。

年幼的孩童，心灵犹如一张洁净的白纸，教育就是在白纸上严谨地作画，而不是肆意涂抹。教育，就是给人一个清白有节的人生。

文字有着穿透光阴，超乎寻常的力量。它引领我，躲避俗世一切的浮躁和喧嚣。

一本民国老课本如百年的月光，洒满你心灵的每一寸空间。佛家言，千江有水千江月。如果，一个生命就是一条河流，那么邂逅一本好书，心中就有了一轮明月。

点评

本文曾入选中考试题。本文以"百年的月光"比喻民国老课本，形象生动，含蓄有韵味，能激发读者的阅读兴趣，也突出了民国老课本具有温暖生命、润泽心灵、穿透光阴的持久力量。邂逅一本好书，心中就有了一轮明月。文章简静美好，意蕴深长，有温润的情感与力量。

闲逸之美

闲逸，是艺术创作必需的气质，也是一种心境。闲，是陌上赏花，月下听琴，花间对酌，雪中赏梅。凡是雅致和有情趣的事情，往往都来自一份闲情。

写散文要有一颗闲心，一份闲情。闲，是不追赶，不慌张，不急促，不紧迫。闲，对于写作者，是心之自由呼吸。闲，是不为写作而写作，不为功利而写作。此时的写作者，似水边漫步的白鹤，悠然自得。

读沈复的《浮生六记》，陈芸用扁豆和竹篱笆做了一扇活的屏风，盆中种植了藤本植物，可以在竹屏格子上蜿蜒生长。不久，绿意葱茏，室内就绿荫满窗，即使深秋，也春意盎然。若将屏风摆在院中，人坐其中，仿佛身处碧绿的原野，真是妙不可言。这扇可移动的活屏风，令夫君沈复赞不绝口："有此一法，即一切藤本香草随地可用。"难怪林语堂曾称赞："陈芸，是中国文学史上一个最可爱的女人。"陈芸是一个有情趣的娴雅之人，有一颗探索美的心灵。在徽州见到一副对联"松风间放鹤，花雨夜鸣琴"，多么悠闲的古代时光，多么清雅的古人。

《浮生六记》《闲情偶记》《幽梦影》这些古籍成就了一代大家。林语堂、梁实秋、周作人，哪一位不是站在娴雅的文字上摘到了月亮？林语堂曾为金发碧眼的西方人讲东方情调的生活方式，只引得《幽梦影》中一句"花不可以无蝶，山不可以无泉"，一时间倾倒多少西方读者。清雅的文字，自有一份闲逸的气质在，天然去雕饰，如一枝出水白莲。

如今的人们，似滚滚红尘中的蝼蚁，匆忙的身影里，怀揣一颗焦灼浮躁的心。有人说，等我有钱了，也会有闲情逸致。其实，闲逸之情只和心灵有关，与金钱无关。

齐白石作画时，曾题画云：白石老人心闲气静时一挥。沉静、闲逸、寂寞，是艺术创作必需的品质。他是一个远离功名浮躁的闲逸之人，一颗心在草木山水间，一活就是近百岁。

我年过花甲的老师说,20 世纪 90 年代的一天,他听说北京的中国美术馆有罗丹雕塑展,他连夜从西安乘火车去北京看展览,买不着卧铺火车票,坐了十几个小时的硬座到了北京。进了中国美术馆一看就是一天,从早晨开馆到下午闭馆,看得痴迷陶醉,废寝忘食。为了看一趟展览,花掉了他整整一个月的工资,那时,他每月的工资约二百元。我问他,值得吗?他说,喜欢就值得。是啊,喜欢就值得,懂得就值得。只有真性情的人,才会不远千里乘火车去看一场大师的雕塑展。

夏夜里,翻看丰子恺先生的文章和画,懂得了闲逸之美。抗战期间,他带全家迁往重庆郊区的一个荒村,物质贫瘠,生活困顿不堪。可是,一家人种豆种菜,养鹅养鸭,自得其乐。他养着一只大白鹅,称它为“鹅老爷”。那篇《白鹅》的文章,至今读来,风清月白,闲淡清雅,写尽荒寒生活的乐趣,令人忍俊不禁。他写道:“鹅的步调从容,大模大样的,颇像评剧里的净角出场。”我猜想,丰先生作画累了,就倚窗看白鹅吃饭。“我们的鹅是吃冷饭的,一日三餐。它需要三样东西下饭:一样是水,一样是泥,一样是草。先吃一口冷饭,次吃一口水,然后再到某地方去吃一口泥及草……但它的吃法,三眼一板,丝毫不苟……这样从容不迫地吃饭,必须有一个人在旁侍候,像饭馆里的堂倌一样。”白鹅的憨态跃然纸上,仿佛一个顽皮而有个性的孩子。

丰子恺于乱世中读书作画,种豆养鹅,在困境中保持了文人优雅、闲逸的心态。生之乐趣就在淡定从容、妙趣横生的文字里。

闲逸的文字里,有一颗自由的心灵。如秋天的果子,丰盈饱满。文字不端架子,让所有的限制都“解甲归田”,文字才有了灵性和飞翔感。

其实,闲情逸致的人也一样。

我追求自己的文字里有一份闲逸之美,学做一个娴雅之人,气定神闲,淡定从容。

点评

本文曾入选中考试题。本文让人体会到闲逸之美,淡定从容,不急不缓,娓娓道来,意蕴深远;感受到作家闲逸的文字里有一颗自由的心灵,回味悠长,更富有深刻的内涵。

决不辜负春天

春寒料峭的午后，翻开法国画家让·弗朗索瓦·米勒的画册，静谧和悲悯的气息一瞬间将心灵覆盖。他的画有田园牧歌的意境，流淌着诗一样的哀愁。

那幅画就是《晚钟》。一对贫穷的夫妻，在田间劳作。黄昏时，晚霞映照着他们的身影，落日的余晖下，大地苍茫。他们脚下的竹篮里放着刚挖出的土豆。此时，远处悠扬的钟声响起了……于是，他们放下手中的农具，神情无比虔诚。暮色苍茫，大地平静。他们祈祷什么？祈祷大地给予贫寒的他们一点点生之温暖。如米勒一样贫穷的农人，祈祷孩子健康，能吃饱饭，哪怕每顿饭能吃上这些土豆……

悲从何处来，都从他的心底而来。浓郁的伤感弥漫在他的画里，让人坚硬的心一瞬间如雨滴般柔软。我恍然懂得，宁静和悲悯具有一种神奇的力量。

有些画，不在笔尖，不在画布上，在他的心里。

自幼生长在贫苦农家的米勒，一生和大地息息相关。他的画笔只为淳朴勤劳的农民而画。后来，他成为法国巴比松画派的代表人。辛勤劳作在土地上的米勒，也将一生的光阴执着于绘画，其作品流淌着对自然无限的虔诚和敬意。

然而，贫穷和饥饿一生困扰着他。有时，他的一张素描只能为孩子换来一双鞋。为了把食物留给孩子，有一次，他整整两天没吃东西。当朋友送来政府的救济品和钱时，他对妻子说："我买点儿木柴回来……我太冷了。"

漫长的一生，他的画不被主流画派认可，那些学院派画家讥笑他的画简直土得掉渣。直到 1867 年，在他人生的暮年，他的画才在巴黎博览会上获得了社会的第一次承认，人们逐渐认识了米勒画作的真正价值。

人间得失，悲喜转换。可是，米勒在人世的光阴，已经薄如一片雪花。

几年后，六十一岁的米勒病逝于巴黎郊区的巴比松村。而后，法国为购回那幅《晚钟》，竟花了八十多万法郎。如今，他的画已成了无价之宝。画家生前的孤苦凄凉和身后所获得的热切关注形成多么强烈的对比。他一生贫苦潦倒，饥寒交迫，在寒冷荒凉的人世间苦苦跋涉，处处碰壁，他的才华与当时的社会格格不入。是否，命运常常让一位天才饱受生之苦难？

不论生活如何艰辛，他却说：“生活是悲苦的，可是我决不忽视春天。”读着那句话，我凝视窗外，早春时节，窗外的玉兰树已开了两朵雪白的花儿，春寒中默默不语，笑意盈盈。因为它有另一个美好的名字——深山含笑。我心里默诵着那句话，心底泛起层层的涟漪。

米勒的妻子卡特琳·勒梅尔一直支持着他，忠贞不渝，与他共担苦难，是他贫穷生活中温暖的伴侣。他们一起抚养了九个孩子。他的妻子几乎就是那幅《喂食》中年轻的母亲。一身布衣的母亲坐在木凳上，手里端着碗，给孩子们喂饭。三个小女孩乖巧地坐在门槛上，只有三四岁，一个个仰起头，张着嘴，如嗷嗷待哺的小燕儿。母亲专注而深情，如一只辛劳的母鸟喂养她的孩子。孩子可爱极了，给母亲一张张花儿般的笑脸，也只有这一张张笑脸，才是贫寒生活给予母亲的一缕欢颜。年幼的孩子不懂得母亲内心的煎熬，不懂得父亲为生活所迫承受的艰难。不远处，石屋的尽头就是田地，父亲正在田里耕耘，挥汗如雨……

母亲的脚下卧着一只猫，墙根处一只母鸡在觅食……此时，微风拂过母亲鬓角的秀发，枝头的小鸟在风里睡着了……原来，世间一派安宁祥和，岁月静好，都在母亲的一粥一饭里，都在米勒的画里。

其实，养育我们的不是山珍海味，而是母亲熬出的小米粥。就如同滋养我们心灵的就是米勒朴素、圣洁、悲悯、宁静的画卷，因为那些画和大地息息相关，和生命紧紧相依，和你我的心灵相连。

喜欢他的那一幅《拾穗》。秋天的原野，麦子已收割了，碧空如洗，金黄的麦地里有三位拾穗的妇女，她们分别戴着红色、黄色、蓝色的头巾。她们弯下腰，低着头，虔诚地拾着麦穗。丰富的色彩统一于柔和圣洁的氛围中，展现给人一种田园牧歌般的意境。

她们身后是金灿灿的麦垛。但是，堆积如山的麦垛几乎和三位拾穗的母亲毫不相干，那不是她们的粮食。她们只能俯身在土地上，细心拾起散落的麦穗。也许，家里已经没粮食了，幼小的孩子还在饿肚子。戴着蓝头巾的母亲实在太累了，腰疼得直不起来。她一只手抚着腰，另一只手拾麦穗，仿佛拾起苦涩岁月里一点点甘甜。她额头上的汗水一滴滴落在泥土里……

一位诗人写道：母亲每拾起一个麦穗，就像是给大地磕一个头。不是吗？一粒米、一个麦穗，走过季节，滋养苍生。雨雪中，烈日下，农民和每一个麦穗相依为命。一代代的生命就是这样走过岁月，他们汗流浃背，疲惫不堪，但是，他们依然心怀虔诚、欢喜和感恩。

米勒终身保持对大地的款款深情与敬畏之心。他手中的一支画笔，泼洒对大地无限的眷恋，也表达着对与土地相依为命的农民的深深悲悯。

画家远去了，而画还在。可是，欣赏画的眼和心还在吗？

春风沉醉的夜，隔着漫漫岁月，我用手抚摸着画册，悲欣交集。此时，光阴是缓慢的，缓慢到我用一个春天读懂他的画，靠近他的心灵。

有人说，历史如一颗洋葱，若一层层剥开，总有一瓣洋葱让人流泪。是的，拂去光阴厚厚的尘埃，他的画深沉悲悯，经得起岁月之手细细翻阅。因为，那些画让人的内心如棉花般温暖。

生活的磨难没有给他的画带来多少寒意，相反，他的画深情饱满，圣洁安详。土地和农民是他一生创作的源泉，也是他悲苦生活里永恒的春天，因为，他从没有忽视过春天。不论霜严雪寒，艺术带给他的都是生命的暖意。将一生沉浸在庄稼、大地中的画家，怀着一颗赤子之心。

如今的我，何尝不是一个拾穗人？生活给予我的都是金黄的麦穗。似水流年里，过往所有的疼痛、欢颜、悲伤、爱都是沉甸甸的麦穗。我以一支笔，俯身拾起它们。因为，我决不忽视春天，也决不辜负春天。

点评

本文曾入选中考试题。作者通过对米勒三幅名画的鉴赏，形成一篇经典之作。画家米勒说“生活是悲苦的，可是我决不忽视春天”，蕴含着他对人生和苦难的深刻理解，深深地打动了读者。

舍不得的好人生

（一）

人世间的悲欢离合，是生命中最婉转低回的乐章吗？爱情也只有在两种东西面前，显得百转千回，荡气回肠，一是光阴，二是离别。

金岳霖教授暮年时，有人向他打听与林徽因的往昔，他摇摇满头华发，只字不提。老来多健忘，唯不忘相思。她是他心头的一颗珍珠，是他天空的一轮皓月，更是他的人间四月天。他不舍得和任何人提及她。她是他心底的一枚碧玉，只养在心里。不提，不语，缄默是对爱情最大的尊重。曾经，她的家搬到哪里，他也跟着搬家，去做她的邻居。他常去她家聊天，琴棋书画诗酒花，唯独不谈爱情。

半个世纪的脉脉深情，哪是舍得说出口的？似水流年中，相思以终老。

人世间，镂骨铭心的爱情都值得尊重，为什么一定要有一座婚姻的大厦呢？美好的爱情值得用一生回忆。

（二）

读书，不要想着实用，更不要有功利心。读书，只为了自身的修养。

邂逅一本好书，如同邂逅一位知己，邂逅一个善美之人。有时心生敬意，有时怦然心动。仿佛你心底埋藏多年的话，作者替你说了出来，你们于时光深处倾心相遇的一瞬间，情投意合，心旷神怡。

张潮说：“少年读书，如隙中窥月；中年读书，如庭中望月；老年读书，如台上玩月。皆以阅历之浅深，为所得之浅深耳。”读书达到这样的境界，也将人生活得如此清明而透彻。

平日里读书,最喜欢就是那几本,那些书大都来自古老雅洁的文字,来自源远流长的汉语。它们仿佛与现实生活的浮华和喧嚣,永远隔着深深的沟壑。好书如佳茗,令人舍不得放手的就是这样的好书,如《红楼梦》《幽梦影》《小窗幽记》……我依靠它们得到心灵的静美与安宁。

恍然明白,读书的目的,原来是为了和世间的好东西倾心相见。

有的书借出去了,还回来的时候,整洁依旧,不仅毫发无损,而且还包了洁白的书衣,仿佛花容月貌的女子,穿了一件洁白的纱裙,内心一瞬间洁净喜悦起来,让我对还书的人起了珍重之意。我身边就有这样的女子,她纯净,博学,懂得文字的美好。在浮躁的尘世间,能遇见这样一位爱书的女子,也是很幸运的事情。

其实借书,还书,也能体现一个人的品质和性情。

(三)

不舍的还有光阴。

抚摸一部旧书,仿佛揣摩一段光阴,又似观赏和留恋几十年前的月光。

我年少时曾拥有一部《红楼梦》,是20世纪80年代由人民文学出版社出版的,那部书共有四册。装帧精美,古意幽幽。书的封面上是一位冰清玉洁的女子,倚在山石旁,长裙垂地,拈花沉思。她心中默诵着:“花谢花飞花满天,红消香断有谁怜?”脚下的竹篮里盛满落花,她就是水晶心肝的林黛玉。十二岁时,我便读到人间最美的书,是多么值得庆幸的事。

有人曾问张爱玲,《红楼梦》《西游记》比起《战争与和平》《浮士德》,哪两部书好,张爱玲正言答道,当然是《红楼梦》《西游记》好。

一部《红楼梦》沉浸在流年里,文字的魅力绵延千里,流传了几百年。它开启多少人文学的梦想,也成全了多少人关于文学的梦境,连张爱玲也不例外,许多大家都是站在《红楼梦》的肩膀上触摸到了月亮。

此后多年,我随父母从关中到了陕南,再回长安求学,辗转,迁徙,漂泊,我遗失了《红楼梦》的第二册,一部《红楼梦》便成了残梦。我翻遍家中的每一寸角落,再也找不到它,犹如遗失在岁月尘埃里的一颗珍珠,消失了。后来,我时常去书店或去旧书摊淘书，希望能遇见同样版本的《红楼梦》，可是，再也不能了。李延年诗云：“佳人难再得。”其实，好书同样难再得。

世间很多事就是这样，离散了，走失了，便已是长长的一生。

我犹如遗失了一位情深义重的故友，丢失了自己绮丽的青春年华。好书难再得，一如知己难再得。

一生不舍的无非就是这些：骨肉至亲，三两知己，清茶一盏，好书几卷，陌上烟花，柳丝如烟。似水流年里，读书，写字，品茗，赏花，舍不得的好人生不过如此吧。

点评

本文曾入选中考试题。文章以“舍不得”三个字贯穿其中，舍不得说出的爱情，舍不得的好书，舍不得的光阴。字里行间，行云流水，从容舒展地写出一生不舍的无非就是这些：骨肉至亲，三两知己，清茶一盏，好书几卷，陌上烟花，柳丝如烟。文中充盈着对生活的热爱。

暮　春　帖

杏花春雨里，我在汉江畔读帖。

帖，是古人写给朋友的书信，或称手札，犹如今天我们手机里的短信。

比如大书法家王羲之的《快雪时晴帖》《寒切帖》《奉橘帖》。大多几十个字，信手拈来，短小清雅，但情真意切，生动美好。

《快雪时晴帖》是写给山阴张侯的，意思是说：雪后天晴，阳光照在皑皑白雪上，空气清冽如甘泉一般，心情极好，问候你一下。想必你也安好吧！事情没有结果，心中郁结，不详说。

短短二十多个字，古代文人率真洒脱的性情流露笔端。

王羲之写给谢安的《寒切帖》，据说是他晚年最后的书法。“寒切”意思是天气非常寒冷。最令我感动的是这一句：“念忧劳，久悬情。吾食至少，劣劣！”他说：“您长期忧烦劳累，我一直挂念于心。我吃的食物越来越少，情况很不好。”寥寥数笔，力透纸背，流淌着无言的凄凉。这是一位饱经沧桑的老人，风烛残年时的无奈和悲伤。

《奉橘帖》笔意清隽，从容洒脱。书法的美先不提了，他写道：“奉橘三百枚，霜未降，未可多得。”这是王羲之送给朋友三百个黄澄澄的橘子，留下的一张便条，只有十二个字，款款深情都在笔端。《奉橘帖》读了又读，其实，不可多得的不是秋天的橘子，而是友人之间一份难得的情意。

读杨凝式《韭花帖》，气韵流淌，浑然天成。意思是说，午睡醒来，吃了朋友送来的韭菜花，实在清香如春，味美难忘，执笔回信表示谢意。

书法家的帖，随性自然，情趣盎然，真实生动，情意深厚，处处洋溢着生活之趣味。

古人说：“风行水上，自然成文。”书法的妙处在于此，生活的妙处也正在于此吧。

一个人在给朋友写信的时候，也是兴之所至，洒脱随意，轻松舒心的时刻。书法家怎么也想不到，就是因为一盘韭菜花，成就了历代书法的绝世之作。《韭花帖》与王羲之《兰亭序》、颜真卿《祭侄文稿》、苏轼《寒食帖》、王珣《伯远帖》并称为“天下五大行书”。

书法是什么？是以兰花的身姿，书写人间的真情与温暖。

翻阅清少纳言的《枕草子》一书，其中写道：一天，清少纳言收到友人定子的来信。打开来却并不见信，只见一片落花，在“山吹”的花瓣上写着一行字——“不言说，但相思”。这大概是日本平安时代，朋友之间最优雅的书信、最唯美浪漫的帖吧。

清少纳言说：“自天而降者，以雪为最妙。”

我却说，自天而降者，以帖为最妙。

唐诗里分明也有古人的书信。比如诗人李商隐的《夜雨寄北》，其实是写给朋友的帖。“君问归期未有期，巴山夜雨涨秋池。何当共剪西窗烛，却话巴山夜雨时。”虚实有度，情景交融，读来清浅如水，如诗如画，意蕴悠长。此刻，诗人的心也如秋天的湖泊，一瞬间涨满思念的湖水。

窗外的白玉兰开了，如洁白的鸽子安然地卧在枝头上。收到画家张震先生从江南寄来的书信，轻轻展开，原来是一首小诗，写在他自制的花笺上。花笺是用淡墨淡彩在信笺上绘了幽兰闲草、山水人物，等墨迹干了就制成了花笺，然后再用重墨在花笺上写信。“木末芙蓉花，山中发红萼。涧户寂无人，纷纷开且落。”是王维的那首《辛夷坞》，“辛夷”原来就是玉兰，我低下头静静欣赏，红笺小字，清雅静美，古意流淌，令我爱不释手，这是我此生收到的最美信笺。此中有真意，欲辨已忘言。那一刻，我恍然回到古代。

人生一世，最难舍的就是：陌上花开，清茶几盏，骨肉至亲，知己二三。想必古人也是如此。一日，收到友人自千里之外寄来的帖，在窗前展开细读，墨香盈盈，见字如面。他的字舒朗俊逸，端丽优雅，或行云流水，洒脱豪迈，一笔一画，一字一句，笔墨间气韵流动，都有他熟悉的气息，那么可亲可怀。

人生在世，真正打动你我的，其实不是惊天动地的大事，也不是气势恢宏的长篇巨著。深深感动你我的，就是这些充满人间烟火气息的便条和信笺。那些

“帖”，写出人世幽微的悲欣，饱含着古代文人与好友的一往情深。

我在古人的“帖”中看见书法之美，看见人生中的思念、悲伤、欢喜、盼望，也看见红的樱桃，绿的芭蕉，落花与鸟鸣，春意与人情。

似水流年里，世间无限风华都自古人的“帖”上缓缓而过，唯有人间深情，不必诉，最暖心。

点评

本文从书法家写给朋友的“帖”，写到书法艺术之美，写到人间情怀的美好，令人感受到人生中的思念、悲伤、欢喜、盼望。本文文笔典雅蕴藉，似微风拂过湖水，牵引读者进入书法艺术的殿堂，充盈着优雅的艺术气息。

第二辑　静水流深

写作者仿佛一位习武之人，比的是内功，而不是外力。内力到了，才有了静气和沉稳，好文字是四两拨千斤。

懂得拒绝喧哗和欲望的人，文字和人一样，会慢慢变得洁净和坚韧。

好的文字，似春水初生，不染纤尘，静水流深。

读最美的文字，做最真的人

我的森儿，五岁开始了人生的阅读。有时，我在家里读书，他也搬着小凳坐在我身边，捧着一本书，读得津津有味。金色的阳光洒在他身上，他穿一件红色的小上衣、蓝色的牛仔背带裤，一双小手捧着书，白胖的手指认真地指着一首唐诗："鹅鹅鹅，曲项向天歌。白毛浮绿水，红掌拨清波。"语声清脆，大珠小珠落玉盘。又似雨打荷叶，泉水叮咚，宛如天籁。原来世间最美好的声音是小童琅琅的读书声。

他渐渐长大，七岁的时候开始喜欢《福尔摩斯探案集》，暑假里整天捧着书细读。我忙着在厨房做饭，就听见他大喊着"妈妈"，我连忙答应着，一时间，他安静了下来，又沉浸在惊心动魄的故事里。我想，一定是被书中的某些情节吓到了，他才失声唤我。我走过去摸摸他的大脑袋，一头黑亮亮的短发，丝绸一般。他仰起脸冲我笑，刚掉了一颗门牙，可爱极了。他那时常说："我的理想就是长大了做像福尔摩斯一样的大侦探，伸张正义，除恶扬善！"

他九岁时，对历史类的书产生了浓厚的兴趣。他读《中国上下五千年》，讲给我听，讲得有声有色。我问："你读到哪里了？"他回答："东汉末年，天下大乱。"

那些日子，他还喜欢读《三国演义》和《水浒传》，对其中的人物如数家珍。十一岁时他能读古文版的《三国演义》《水浒传》和《古文观止》。我问，读得懂古文吗？他笑着说，能啊！古文真是简洁，我们要写一大段话，古文一句话就说清楚了。

他十二岁上初中一年级，写了第一篇文言文作文《告别童年》，生动鲜活，才情飞扬，古风犹存。后来，这篇文章见报，语文老师对他赞赏有加，在班里朗读了他的作文。于是他回来对我夸口："我的理想是长大了准备研究国学。"我问，你还做不做大侦探了？

后来，他渐渐能读书柜里的《哈利·波特》《鲁滨孙漂流记》《三个火枪手》

《巴黎圣母院》《老人与海》，也读丰子恺、叶圣陶、老舍、汪曾祺等作家的书。那年过端午节，我买回了咸鸭蛋，他尝了一口说："妈妈，你买的咸鸭蛋就是汪曾祺笔下难吃的咸鸭蛋。"我问，汪先生怎样写的？他说："蛋白不细嫩，吃起来发干、发粉，像嚼石灰一样。比起汪曾祺故乡的鸭蛋，那可差远了。"我笑了，好像他真吃过高邮的咸鸭蛋似的。

好书如芳邻，自幼和大师为邻的孩子，可以养成良好的阅读品位和习惯。一个人阅读品位的高低，也决定了他的视野和思想的宽窄和高低。

读书，原来是一阵春雨唤醒一朵花，是一阵风吹醒一片云，是一颗心灵去唤醒另一颗心灵。

我常带他去书店，不建议他读畅销书。我认为那些书就像一个浓妆艳抹的女子，打扮得时尚靓丽，但是没有深厚的文化内涵，"快餐"的品质，决定了其只能是一次性消费。那些畅销书是漂泊在时光河流上的泡沫，一转眼就消失了。真正经得起岁月打磨的书，一定是能让人内心洁净安然，给心灵以光亮和温暖的书。

我希望孩子们能远离网络阅读。读纸质书和网络阅读的差别在哪里？网络阅读没有质感和温度，更没有内心的安宁。网络阅读仿佛一个忙着赶路的人，步履匆匆，行色匆匆，这样的阅读是浏览和观光，走马观花。可是，我们匆忙的脚步、急促的心到底在追逐什么？一切都是因为"快"，一个"快"让阅读的美好意味尽失。真正的阅读是心灵的阅读，留出让人思考、遐想的空间。一本书若不能引人回味和沉思，不能给心灵以雅洁和美好，那是不值得阅读的。

我常推荐他读丰子恺的书，丰子恺的画和写孩子的文字尤为温情和天真。一个终生保持天真之心、赤子之心的人，最后多成为大家。这样的人还有王世襄，老顽童一样的老人，他将世间可以玩的，如蛐蛐、金铃子、蝈蝈、风筝、空竹、鸽子的哨声、明代家具、器物文玩，都玩尽了，也写尽了。一个将生之乐趣携带一生的人，文字里饱含对人与天地万物深深的情意。人常说玩物丧志，他却玩物成家。他去世的那天，电视节目里有这样一句话：王世襄走了，一个时代结束了。

作家孙犁暮年时写过一段话："我一向认为，作文和做人的道理，是一样的：一、要质胜于文……二、要有真情，要写真相。三、文字、文章要自然。三者之反面,则为虚伪矫饰。”

这是孙老总结的关于修养和作文、做人的道理,简淡朴素,却字字真切,这些道理也够我们受用一生。

我还推荐他读沈从文、史铁生、苇岸、德富芦花、东山魁夷、法布尔、安徒生等作家的书。他们的文字充满自然之美和精神之美。他们都是大地的赤子,无论尘世如何喧嚣,总有他们为人类守住精神的家园。

孩子,我希望家里的书,你能渐渐读完,这些作家如同芳邻,陪伴你、滋养你慢慢成长。从他们的世界感知生命的愉悦、精神的光亮、心灵的静美。他们的文字传达人世美好的一切:智慧、良知、悲悯、至善、信仰、理想和爱。

作为一位母亲,我时常在想,教育是什么?教育是让一个小生命对万物保持一颗好奇和敏感的心。教育也是在一张人生的白纸上严谨地作画,而不是肆意地涂抹。教育更是给人一个清白有节制的人生。教育是让孩子学会爱,爱世界值得爱的一切,更要学会搜集和感知世间美好事物的能力。别忘了去细细聆听春之鸟鸣,夏之蝉声,秋之雨声,冬之雪声。其实,许多人,不是在七十岁以后才失聪的。

教育不应该是在做蛋糕,不应是让所有的孩子成为一种人,而是,让每个孩子成为他自己,做独一无二的自己。

一个人自幼就要有一颗懂得审美的心灵,分得清美和丑、善与恶。而现在的人,审视美的能力和意识正在悄悄丧失,而审视丑的好奇心却比比皆是。尼采说:“与怪兽搏斗的人,要谨防自己变成怪兽。”是的,你的心若简单,世界就简单;你的心若美好,这个世界就美好。因为,一个人的审美观何尝不是一个人的世界观!

孩子,读书不要想着实用,也不要有功利心。读书只是谋心,只是为了自身的修养。邂逅一本好书,如同邂逅一个善美之人、一颗善美之心。那么,读最美的文字,做最真的人。

春日迟迟,金丝线一样的阳光透过窗棂洒在读书的幼童身上。他捧着书,低着头,痴迷而忘我,完全沉浸在文字的世界里。一个人打开书的那一刻,他就长出了翅膀。当一个孩子捧书阅读的一瞬间,连世界都安静了下来。上苍微笑地俯视着孩子,俯视着向善向美的一颗心。

森儿,2014年年末,你的散文《未说出的感谢》与我的散文,一起在辽宁省的"书香青春"征文比赛中获奖,这是岁末最美的收获!孩子,感谢阅读让我们共同进步。拥有你的十几年里,我是多么幸福,我不仅愿意陪着你一起成长,还愿意和你一起去翘望未来。

人常说,一方水土养一方人。祝愿书籍的净土,养育你,永葆一颗干净、善良、坚毅、明亮的心灵。祝愿我热爱读书的孩子,茁壮成长,长成国家栋梁!

点评

此文是一位作家母亲写给儿子的一封书信,字里行间,都是浓郁的深情。文章从读书、做人,写到培养一个人的审美观和世界观。这位母亲也是在告诉天下的孩子,读书不要想着实用,也不要有功利心。读书只是谋心,只是为了自身的修养。邂逅一本好书,如同邂逅一个善美之人、一颗善美之心。读最美的文字,做最真的人。

大师的天真

初夏，读林风眠。林先生爱画小鸟，翠绿的树枝上站满了小鸟，鸟儿圆圆胖胖的身子挤在一起，三三两两，成群的小鸟和椭圆的树叶相依相伴，交相辉映，如同孩子作画，画得满满的，没有留白，给人视觉上极大的喜悦和满足感。那些小鸟分明是一群可爱的孩子，挤在一起嬉戏说笑。看他的画，仿佛听见春风中几声清脆的鸟鸣。林先生笔下满纸皆是天真，能与孩子的心息息相通，分明是童心对童心。

齐白石早年以卖画为生，为了便于计算，在大门上贴着价格："白石画虾，十元一只。"有一位求画者很有意思，给了白石老人三十五元钱，想看看大师如何作画。结果，白石老人画了三只虾，清润透明，栩栩如生，只是，另外的半只小虾藏匿在水草中，只留下一条小小的虾尾巴，妙趣横生，令人莞尔。多么聪明又可爱的老人，这幅画也表达了画外有画的意境。原来"小气"的大画家齐白石，有着一颗天真未泯的童心。想必求画人捧着这幅画，一定要忍不住笑了。

春日里，最喜欢看白石老人笔下的小鸡，几点淡墨，极简极淡，几只毛茸茸的小鸡便活灵活现地滚了一地。有一幅画中，两只小鸡在争夺一条蚯蚓，相互撕扯，紧紧咬住都不松口。画上题名《他日相呼》，真是一派天趣！两只小鸡分明是两个孩子，为争夺好吃的东西打得热火朝天，谁也不让着谁，可是，不一会儿，两人又和好了，凑在一起叽叽喳喳地说个不停。

天真，是艺术创作必需的气质。大师，皆是怀着一颗天真之心的人，也是用一双孩童般纯净的眼睛看人生、观世界的人。

我的枕畔常放着丰子恺的漫画集，静夜里随手翻阅，有孩子、桃花、溪流、小猫、风筝——只觉酣然拙朴，如月光盈盈入怀。他家中的几个孩子如同一群小燕子一般，阿宝、软软、瞻瞻——孩子们是他的课本，也是他的老师，更是他作画时美好的素材。孩子的游戏、孩子的想象、孩子的喜怒哀乐，都在他的笔下完美地保留下来，连同他对世间万物的爱。

画作《花生米不满足》上是一个三四岁的小男孩，坐在桌前，看着桌上的几颗花生米生气了，皱着眉，噘着嘴，嫌妈妈给得太少了不够吃，心里的不满意、不快乐都表现在眼睛、眉毛上，寥寥数笔，将孩子的神情描绘得惟妙惟肖。

另一幅画《瞻瞻的脚踏车》中，还是这个胖胖的小男孩，光头，手里握着两把大蒲扇，夹在腿下当成脚踏车的车轮。因为爸爸不给买脚踏车，那就自己发明一个也不错呀，两把普通的蒲扇一瞬间生动起来。

《你给我削瓜，我给你打扇》中，姐姐坐在椅子上削甜瓜，小弟弟拿着大蒲扇给姐姐打扇子，他弯着腰，撅着屁股，双手用力给姐姐扇着凉风。不过他一边扇着蒲扇，口水似乎要流出来了。画中将一个馋嘴的、急着想吃甜瓜的小男孩画得生动鲜活，憨态可掬，画中的他们何尝不是童年的你我？赏他的画，人的内心一瞬间变得温暖如春。

丰子恺这样写画儿童的初衷："我向来崇敬儿童生活，尤其是那时，我初尝世味，看见了当时社会的虚伪骄矜之状，觉得成人大都已失本性，只有儿童天真烂漫，人格完整，这才是真正的'人'。"

天真是什么？是画家心中对生命的最高审美。

天真，也是成年人遗失在岁月中的一颗珍珠，我们已多少年不再拥有了？没有它，我们还看得见美好、善意、晴空、云朵？

世间最美的情书，也是清澈、天真如童心。比如，沈从文写给张兆和的情书："我行过许多地方的桥，看过许多次数的云，喝过许多种类的酒，却只爱过一个正当最好年龄的人。"此刻的爱情，绵绵千里如春水流淌，犹如烟花开遍陌上，纯净、无邪、浪漫……

点评

天真是童心，是境界，更是大德。文章剪辑组合，拓展引申，后面写大师创作的气质，前面写大师的心灵。本文众材归一，材料充实，主题突出，堪称随笔中之经典。

像

在凤凰古城沈从文故居，看见沈先生年轻时的一帧黑白照片，清亮的眼神如沱江的潺潺清流，一脸的干净、纯粹，嘴角微微上扬，剑眉星目，英气逼人。

墙上还挂着他暮年时的一帧照片，戴着一副眼镜，儒雅、温和、慈悲。孩童般纯真的笑脸，似清水洗尘。走进他的书房，仿佛还能听见他朗朗的笑声。

他的爱、坚韧、温和、悲悯，流淌在他的一生和文字里，自始至终，浑然一体，不可分割。他写过："我轻轻地叹息了好些次。山头夕阳极感动我，水底各色圆石也极感动我，我心中似乎毫无什么渣滓，透明烛照，对河水，对夕阳，对拉船人同船，皆那么爱着，十分温暖地爱着！"

他的一生就是那样，有一双孩童般对世界充满好奇的眼睛，一颗纯净的心感受着，温暖地爱着，爱世间值得爱的一切。无论岁月给他什么，伤痛、屈辱、苦难，生命已是繁华落尽，不染尘埃。他的心是沱江的碧波，照山是山，照月是月，都映在他心底和文字里。星斗其文，赤子其人。

看摄影家肖全拍摄作家三毛的一组照片。在成都的柳荫街，一条古老的小巷，三毛坐在石凳上，海藻样的长发披散着，宽宽的布衣，赤脚穿着凉鞋，手指间捻着一支烟，脸上写满疲惫和沧桑，眼睛望着远方，神情倔强、茫然、忧伤，说不出的孤独和寂寞……我看着她的照片，雨雾一样的惆怅，将我遮蔽。因为，拍完这张照片几个月之后，那个寒冬的深夜，她将自己挂在一条丝袜上，去了。她死得那样隐忍、寂寞……

多年后，我第一次在电视里听见她的声音，那是她留给世界最后的声音，那么纯真、忧伤，如泉水流淌。寒夜里，她和友人告别的话只有短短的几句。我听着，这是我年少时就迷恋的三毛的声音吗？她的声音里都是对尘世的不舍和留恋，也弥漫着对生命的无助和绝望。

她是飞翔在荒漠里的一只孤雁，形单影只。她是失去伴侣的天鹅，独自漂泊、流浪，无处停歇。一个将万水千山都走遍的人，却一生寻找不到心灵的家园。只有死亡，才是她最后的归宿。

在阳朔的徐悲鸿故居，看见徐悲鸿的一幅自画像。二十岁的样子，一脸的桀骜不驯，不笑，眼神凛然。这是只有青春少年才有的眼神，燃烧梦想，志存高远。他说："好的画家，一定要一意孤行。"是的，面对绘画，他一味任性，只忠实于自己的感觉。其实，任何一门艺术都需要我行我素，另辟蹊径。他的一生就是如此，独树一帜，一意孤行。

读张爱玲的《对照记》，书中收录她从两三岁至暮年时许多珍贵的照片。我尤其喜欢她二十几岁的一张，那是好友炎樱为她拍摄的。她站在阳台上，仰着头，看不清眼神。腰身瘦瘦的，不盈一握。春天的风吹起开满花朵的裙，衣袂翩翩。青春如同打在她身上的阳光，明晃晃地耀眼、灿烂、明媚，没有一丝阴霾。虽然看不清她的神情，却感受得到青春飞扬的气息。

每个人一生最好的年华就是那几年，金灿灿的，如手里捧着的金沙。她的人生也是如此。此后，离别故土漂泊海外的岁月，她成了没有根基的浮萍，只有将生活的孤苦与辛酸都慢慢咽下。除了咽下，又能怎样？

然而，我们手捧金沙的日子，往往是不自知的，不懂得珍惜。她说，岁月是什么？长的是磨难，短的是人生。她的人生最美好的刹那，不就是裙裾飞扬的瞬间吗？

喜欢台湾作家朱天文二十岁时的照片，穿黑底白圆点的连衣裙，梳着一对乌黑的麻花辫，清凌凌的眼神，笑意盈盈，清纯极了。出身于书香世家的女子，优雅娴静。她的父亲朱西宁、母亲刘慕沙、妹妹朱天心都是作家，朱家一门两代都是好作家，实属文坛罕见。

那时姐妹正在办《三三集刊》《三三杂志》，在台湾文学界引起极大反响。她二十六岁第一次和导演侯孝贤合作，将她的小说《小毕的故事》改编成电影，她从此成为台湾最年轻的编剧。作家钟阿城说，朱天文大概注定是为文字而生的。她五十岁时的一帧照片，依然梳着一对麻花辫子，不再温润的脸庞有了光阴的痕迹，也有了岁月雕刻的沧桑之美。

看雕塑家吴为山创作的弘一法师塑像，震撼极了，法师的塑像分明是有灵魂的。他清瘦的面庞，一身布衣，慈悲的神情，极具神韵，我一眼就认出是弘一法师。

弘一法师修的律宗是佛家戒律最严的，其生活极其清苦。有一日，夏丏尊来寺里看望法师，见他一身布衣，脚上的布鞋破烂不堪。他们一起吃饭，只有一碗白米饭和一道咸菜。夏丏尊问："难道不会太咸吗？"大师说："咸有咸的味道。"饭后，大师倒了两杯白开水，夏丏尊问："是不是太淡了，有茶叶吗？"大师说："淡有淡的味道。"是的，这就是人生，咸有咸的味道，淡有淡的味道。三十九岁时他在杭州虎跑寺出家，人生忽然被分为两段，仿佛年轻时风流洒脱、琴棋书画都是前生，后半生的孤苦寂寥都是自己选的，他随遇而安，不怨，不悔。

他的前半生是姹紫嫣红开遍，饱满如春花烂漫的春天；他的后半生，仿佛一位大家的山水画，山寒水瘦，素洁、安然。

他低眉、顺目、淡定、悲悯，没有挣扎和苛求，只有慈悲的一颗心。原来，人生到了最后都是顺应天意。世间很少有人能理解他精神世界的愉悦和幸福，大概只有画家丰子恺能懂得他。一生的悲欢都尝遍了，他写下"悲欣交集"几个字，走了。

我喜欢评剧皇后新凤霞的一张照片，三十多岁，已经是几个孩子的母亲。她坐在一辆牛车上，朴素的衣裳，依然遮掩不住天生丽质。年轻时，绮年玉貌的她爱上剧作家吴祖光，就对他说："我想和你结婚！"那一刻吴祖光一定吓呆了。多可爱的女子啊，在爱情面前，执着而勇敢，如春风里一树盛开的樱花，燃烧着，灿烂着。她出身寒微，没有进过学堂，可是，她倾慕才华横溢的他，她学剧中的刘巧儿，也要自己找婆家。

困境中他们忠贞不渝，患难与共。她一个人操持家务，抚养孩子，承担繁重的体力劳动，后来积劳成疾，患脑血栓导致半身瘫痪，一颗戏曲舞台上璀璨的星辰永远陨落了。

可是，以后的几十年，谁也没有想到，她用一只健康的手写了四百多万字的散文作品。她把幼年学戏的点点滴滴，看父亲做"万年牢"糖葫芦的记忆都留在了文字里，质朴无华，真挚饱满。有人说，新凤霞的文章也许是吴祖光捉刀的。我说，吴祖光没有她人生的阅历，没有她童年苦难的生活，当然写不出那些文字的味道。任何一位作家，没有鲜活的生活，写作就成了无源之水。她的文字淳朴清新，自成一家，如六月荷花，素面相见。

似水流年里，谁见幽人独往来，缥缈孤鸿影。

佛家言，相由心生。他们留给尘世的影像和雕像，何尝不是心灵的写照？此像皆为心相，也是悲欣交集的人生啊。

点评

本文题目引人入胜，生动传神地刻画了几位大家的肖像。有沈从文、三毛、徐悲鸿、弘一法师和新凤霞等，层层递进，张弛有度。其实，他们留给尘世的影像和雕像，何尝不是心灵的写照？文章构思巧妙，文笔凝重洗练。

恰　好

小时候读杜甫的诗:“黄四娘家花满蹊,千朵万朵压枝低。留连戏蝶时时舞,自在娇莺恰恰啼。”我最喜欢的是后两句,“恰恰”多有意思的词语,生动鲜活,惟妙惟肖,有音律之美。原来“恰恰”是形容黄莺的鸣叫声,看蹁跹的蝴蝶在花丛中起舞,枝头的黄莺忍不住唱起歌来。春天的气息一瞬间扑来,莺歌燕舞,花开陌上,内心充满无限的喜悦。

“恰”在唐诗中竟然这样传神。

真正的好文字也是恰好。

古人这样说:人品做到极处,无有他异,只是本然。文章做到极处,无有他奇,只是恰好。

“恰好”在文字里有说不出的绝妙。恰好就是文字的度,是分寸。它不多不少,不增不减。此时,多一分则肥,少一分则瘦,文字的火候拿捏得恰到好处。好文字不会写得太满,也不会把话说尽。好文字是从容不迫,是花开陌上迟迟归,几分诗意,几分留白,几分回味和遐想。

沈先生的《边城》的结构异常完美,也是沈先生盛年时最美的文字。

结尾出奇地好:“可是到了冬天,那个圮坍了的白塔,又重新修好了。那个在月下唱歌,使翠翠在睡梦里为歌声把灵魂轻轻浮起的年青人还不曾回到茶峒来……这个人也许永远不回来了,也许‘明天’回来!”

小说到此处,戛然而止。让人心中不免有一种淡淡的哀伤。可是,正是这种结尾,看似平淡、清丽,又恰到好处,余韵悠长,给人极大的想象空间,弥漫一种生命的美丽和悲凉。

此处的留白,像是一幅水墨丹青,留白处是天空、云朵,也是秋水长天,意境优美,给读者以无限遐想。

作家海明威说过:“寻找属于自己的句子。”说得真好。其实,每个作家的一生，都在苦苦寻找属于自己的句子。它们能准确地、恰到好处地表达作家内心独特的感受和生活体验，也是作家在学习掌握文字的火候、分寸、留白、节奏。写作是最为寂寞和孤单的事，一生的寻觅是文字的磨炼，更是一种内心的修炼。

恰好的文字，没有技巧和雕琢。其实，恰好的爱情也是。因为，无论文字还是爱情，再娴熟的技巧都抵不过脉脉真情。

看沈从文写给张兆和的书信："我行过许多地方的桥，看过许多次数的云，喝过许多种类的酒，却只爱过一个正当最好年龄的人。"遇见正当最好年华的人，就是恰好，仿佛一切都是上天的安排，在对的时间遇见了对的人，真是春水映桃花。美好的情感，如三月的烟花，芬芳、纯净、无瑕，这样的遇见是《诗经》里的"既见君子，云胡不喜"。人的脉脉情思如天地日月一般坦荡、洁净、明净。她一直在那里等着，等到漫漫长路都已荒草萋萋，他终于自己寻来了。

读朱生豪写给妻子宋清如的情书："要是我们俩人一同在雨声里做梦，那意境是如何不同，或者一同在雨声里失眠，那也是何等有味。"恰好的爱情，原来是一起在春雨滴答声里入梦，那梦一定是淡蓝色的。或者一起在雨声里失眠，少年听雨歌楼上，红烛昏罗帐。一起听雨打芭蕉，吟诗作画，品茗谈天，伸出手去，总有一双温暖的手和你紧紧相握，不怕长夜漫漫，不怕风雨潇潇，因为有你在我身边，哪怕时光老去。

这是一代翻译家朱生豪写给妻子的书信，真是才子文章，绮丽浪漫，情不知所起，一往而深。

最美的爱情是恰好之时的一见倾心，如春之原野邂逅你心仪的一个人。那一刻，繁花开遍，草长莺飞，眼波盈盈处，怦然心动，一往情深。

点评

此文细微处，皆是惊喜。比如，"恰好"在文章里就是度，是分寸，它不多不少，不增不减，在爱情里，是恰好之时的一见倾心，余韵悠长，给人极大的想象空间。恰好的文字，没有技巧和雕琢。其实，恰好的爱情也是，让读者回味无穷。

真

读民国的老课本，其中写道："人之操行，莫先于无伪。"诞生于兵荒马乱的年月的老课本，它告诉八十年前的孩子，做人的道理：去伪存真，不虚伪，不矫情，不做作。心头想，纸上语，世间行，始终如一。人能永葆一颗初心，是多么难得。

一本老课本，上至做人修养，下至草木清流，鸟语花香，生活常识，人性温暖，栩栩如生。它仿佛一泓清流，照见百年前的世道和人心。抚摸着它，尚留一丝民国温良诗意、从容沉静的气息。

世间的书法名作大多是草稿，皆是书法家真性情的流露。

比如王羲之《兰亭序》、颜真卿《祭侄文稿》、苏轼《寒食帖》，被称为"天下三大行书"。三幅书法珍品，字迹大小不一，涂改无数，可是，笔随心行，自在洒脱，行云流水，一气呵成。行草美学是不能重复的，连书法家本人也无法复制。有人说，好文章是直见性命，其实好书法更是直见性命。

翻阅苏轼《寒食帖》，笔酣墨饱，苍劲沉郁，饱含生命的凄苦、悲凉。苏轼因"乌台诗案"被贬荒僻之地黄州。曾经少年得志的苏轼，春风得意马蹄疾，一日看尽长安花。四十五岁那年，一瞬间跌入生命最深的谷底，人生的繁华仿佛是一场梦境。看尽世态炎凉，写下"君门深九重，坟墓在万里。也拟哭途穷，死灰吹不起"。他把人世的苦楚和艰难都慢慢咽下，穷困潦倒，前途渺茫，可是，他依然怀抱磊落，不肯随波逐流。

苏轼晚年被朝廷一贬再贬，从黄州到惠州，再到海南，一次比一次荒凉偏僻。可是，他还能和渔民、樵夫把酒话桑麻，"自喜渐不为人识"，没有谁认识这个贫困交加、穿着草鞋、衣衫破旧的人，竟然是大诗人苏轼。

真正的好书法是看得见心灵。

他一生最好的诗作和书法都出自四十五岁之后，都出自命运坎坷的流放岁月。"大江东去，浪淘尽，千古风流人物……"

“拣尽寒枝不肯栖，寂寞沙洲冷”，一颗心经历霜严雪寒，颠沛流离，才寻找到生命真正的意义。苏轼的作品从此上升到另一个开阔豁达的境界。正所谓返璞归真，作品是，人生也是。

八大山人有一句诗：“墨点无多泪点多。”自古至今的好文章，皆是血泪所成。真情到了，笔意就到了。

一日，和十岁的儿子聊天，我问他，一篇好文章的标准是什么？他想了想说，要写真话。说得多好！

好文章一定有真情实感。孙犁先生谈写作时说，修辞立其诚。意思说，修辞的目的，是为了立诚，然后才是修辞。语言表达在文字里，只要是真诚的感情流露，不用修辞，不用华丽的辞藻，就有感人的力量。

好的作品不论雅俗，只关乎真，不浮夸，不刻意，不雕琢。作品失去了真，就谈不上善和美了。好文章是“清水出芙蓉，天然去雕饰”，也是雨后荷花，素面相见。其实文字和植物一样，朴素之美才是大美。

内心纯净的人，文字自然干净。一个圆滑世故的人，是写不出好文章的。因为，文字从来是一轮明月，能照见一颗真诚的心灵。

好作品里藏着一颗赤子丹心，它一清如水，甚至超越悲喜。

无论书法还是作文，其实没有章法，艺术大美，就是毫无修饰的一腔赤诚。

爱情里的真也分外动人。有读者问我，写作需要技巧吗？我说，需要，但是，再娴熟的技巧都抵不过文字的一分真情。其实，爱情何尝不是？

午后读《萧红传》。1941 年太平洋战争爆发，香港沦陷，炮火连天，萧红躺在香港一家医院里已病入膏肓，奄奄一息，她在人世的光阴薄如一片雪花。她的丈夫端木蕻良将她丢在医院里，半个月也不露面。萧红对照顾她的骆宾基说：“要是三郎知道我现在的样子，一定会来救我。”听她的话，令人泪落。三郎是谁？是她的前夫萧军。孤单漂泊的一生，她心底里最真的爱，那一点对温情的渴望藏在心底，一生一世，不能忘却。爱情是什么，是人类精神世界里最深情的回望，可是，她望见了什么？那一点期盼，是她一生最后的爱和牵挂，多么令人心痛。

不久，萧红病逝于香港。五年之后，第一个写《萧红传》的人，不是她曾经爱过的人——萧军和端木蕻良，而是临终一直守护在她身边的朋友骆宾基。

春和景明，我倚窗看着楼下一树树烂漫的桃花。泪眼问花花不语，落花无语对萧红。

真，那一点弱弱的真，在爱情、文学、书法和做人修养方面，都是那么动人心魄。那是人和作品的灵魂，也是心头的一轮明月，埋藏在心里最柔软的角落，和心灵相连。无论她在哪里，只要有一颗赤诚的心就能找到她。

点评

以“真”做题目，可见作家功夫。这是一个抽象的题目，但在作家笔下，从民国老课本“人之操行，莫先于无伪”，写到做人修养，去伪存真，而后写到书法、作文、爱情的“真”，环环相扣，烘托主题，文笔优美并具有深刻的内涵。

我读丹青

作家朱自清评论丰子恺先生的漫画:“一幅幅的漫画,就如一首首的小诗——带核儿的小诗。你将诗的世界东一鳞西一爪地揭露出来,我们这就像吃橄榄似的,老觉着那味。”

丰子恺先生有一幅画,画上一座小屋,院中梅花盛开。树下摆放一张小桌,三把竹椅,三人围坐,面对一树梅花。画上题诗:“小桌呼朋三面坐,留将一面与梅花。”三两知己,坐对一树红梅,来一壶碧绿的清茶,品茗、赏梅、煮酒、聊天,谈得红梅瓣瓣香。有风轻拂,风中也飘着一缕梅花的寒香。

丰先生喜欢画梅花。在另一幅画中,一个人站在梅树下,仰着头,独自赏梅。天空刚落过雪,一树梅花似雪中素颜红装的女子,白雪红颜,相看两不厌。树下已是落红翩翩,画上有诗:“触目横斜千万朵,赏心只有二两枝。”丰先生性情高洁,一生知己是梅花。人和花的情缘,何尝不是人与人的情缘?一生有两三个赏心之人,足矣。

有时,他随手拈来李煜的词作画,那幅画便是《无言独上西楼,月如钩》。夜空里,夕月一弯,淡若清梦。楼上竹帘半卷,夜凉如水。一个人在楼上望月,寂寥而孤单的背影,却有着说不出的意境。剪不断,理还乱,是离愁。月明楼高休独倚,思念的夜,有着寒月一般的凄凉。真正的思念是无言的,如同真正的爱也是无言的。寂寂无言的思念,深埋在心底,点点思念汇集,让它成海。

他笔下关于孩子的画,一幅接着一幅,童趣盎然,简洁温情,令人目不暇接。

一幅画中是一个三四岁的小男孩,胖胖的,光头,穿着短衣短裤,手握着两把大蒲扇,夹在腿下当成车轮子。原来,他羡慕邻家孩子有一辆三轮车而自己没有,就用大蒲扇发明了一辆车骑着吧。

另一幅画中是两个三四岁孩子的背影,两人牵着手,行走在清清溪水边,远处青山绿树,碧水长天。小男孩学着爸爸的样子,左手拿着爸爸的手杖,右手牵着小女孩，一幅“执子之手，与子偕老”的温馨画面。让人想起李白的《长干行》：“郎骑竹马来，绕床弄青梅。同居长干里，两小无嫌猜。”这幅画是画家最喜爱的作品之一，后来他多次提笔作画，成为赠给许多新婚朋友最美的贺礼。

童真，是成年人遗失在岁月中的一枚碧玉，我们已多少年不再拥有了？

丰先生的画里有诗情，画里有爱意，画里有悲悯，更有说不尽的禅意。

《冬日同乐》中画了一对老人，坐在家门前的矮凳上。天寒，他们将双手拢在衣袖里取暖。脚下蹲着一只狗，门槛上卧着两只猫，光阴在这里仿佛静止了。一对白发的老人坐在冬日阳光下晒太阳，有小动物相依相伴着，天地间一派和睦安详，岁月静好都在画里。

我久久地看着这幅画，一瞬间唤醒我童年的记忆。幼年时在故乡，烟花三月，我和奶奶坐在门前的矮凳上，奶奶低着头忙着做针线，稀疏的白发在脑后挽成一个髻。我忙着看连环画，那时我称作“娃娃书”。其实不认识几个字，《红楼梦》《鸡毛信》《朝阳沟》看得如痴如醉。

阳光下，母鸡正带着一群小鸡在树下觅食，小鸡们刚出窝不久，跑起来如一地鹅黄色的绒球滚来滚去。母鸡在树下找到一只小虫，舍不得吃，叼着小虫去喂小鸡，小鸡们一瞬间凝成一朵黄色的“葵花”，一只只冲着妈妈张开小嘴巴。

奶奶做活累了，就抬起手臂在白发中篦了篦针，望我一眼，望望一群小鸡，眼里全是笑意。世间一切静美祥和，都在默默无言的相对静坐里。

赏丰子恺先生的画，让我的心灵一次次贴近泥土，贴近故乡、河流、草木、花香，贴近童年，贴近生命的根。

还有一幅画，画上一张蜘蛛网，上面粘着几片落花，蜘蛛网上坐着一个人，我猜想应该是丰先生。画旁有诗：“檐外蛛丝网落花，也要留春住。”那张蜘蛛网何尝不是他的画意和情思？他写过，孩子们，憧憬于你们的生活的我，痴心要为你们永远留住这黄金时代在这册子里。然而这不过像“蜘蛛网落花”，略微保留一些春的痕迹而已。他想留住孩子们纯真无瑕的童年，留住生命里的善与美。

静夜里，随手翻翻枕边的《子恺画集》，画里有花草、鱼虫、蚂蚁、孩子、月光、清风，处处以小见大，读之余味悠长。世间万物，他都拿来入画。恬淡美好，一派天趣。守着岁月枯荣，似水流年，尘世的暖意都在画里，对万物的爱与悲悯都在他的画里。

点评

作者赏丰子恺的画作,赏得出神入化,看似漫不经心,却有风云气象。作者懂得画家的心,世间万物,丰子恺都拿来入画,一派恬淡美好。文字里充满张力和想象力,妙在似与不似之间,捕捉到了艺术之美和俗世之美,散发着人间烟火气,诗意而柔韧。

那些孤独

春天里，我最喜欢看林风眠先生的画。因为他爱画小鸟，翠绿的枝丫上，蹲着三三两两的小鸟，伸着黑黑的大脑袋，椭圆的树叶和小鸟的身体相互融合，仿佛听见春风中几声清脆的鸟鸣。另一幅画，一只小鸟站在枝头上，歪着头，一只眼睛似睡非睡，沐浴春风，在林间的风中睡着了。有时，又觉得那只小鸟是寂寞的，独自站在碧绿的枝头，听风，嗅着淡淡的花香进入梦乡。

那只小鸟多像是一个人，独自在春天的林间沉思、冥想，回忆从前。

春风沉醉的夜里，读林风眠先生的书。原来，他的故乡在广东梅县，幼年时，见族人们将出逃的母亲逮回来毒打，他躲在门后大哭，小小的他奋不顾身扑向母亲，用单薄的身躯保护着被人欺凌的母亲……直到白发苍苍的暮年，他再也没有回过故乡，故乡有他抹不去的疼痛和悲伤。尽管如此，故乡的俊山秀林、野草繁花仍一次次出现在他的梦里，永远保留在他的画里。

他的一生竟都是孤单的，没有享受过多少家庭的温暖。成年后，他在法国学画，认识了第一任妻子，几年后，妻子病逝，他娶了另一位法国女子，生有一个女儿。他一个人常年住在国内，妻子和女儿留在国外，多年也见不着面。他一个人煮饭烧菜，维持最简朴的生活。一个人在家里整天作画，一天连画几十张，甚至上百张，都不满意，于是，皆撕毁了，再画。

画家黄永玉在书中写道：一次去拜访他，推开门，见七八十岁的林先生抱着一个七八十斤的煤炉进屋。那时，他一个人生活已经很久了，一位伟大的艺术家照顾着另一位伟大的艺术家。读到此处，令人无限感伤。

看他画中的仕女，穿白衣的女子坐在堂前，神情从容，安详静穆，无比圣洁。身边的瓷瓶里插着白色的花或是几枝寒梅，她们或是抚琴，或是凝神，端然、静美、素净至极，彻底绝了人间的烟火气。她们泊在画家的心里，一辈子，终难忘。我一直认为，她们是孤独的，她们代表了林风眠对女性美好的向往。她们或许是他的母亲，他的妻子，他的姐妹……无一例外，她们是那样孤单、寂寞，却如梦境一般美好。

孤独和寂寞是艺术创作必需的境界，它滋养了一代大师，也成就了一代艺术大师。

寒冬里，在中国美术馆看吴冠中先生的画，有一幅画名《逍遥游》，千丝万缕的线条铺满画面，桃红几点，绿柳几条，那些线条如裂帛，如急雨，如闪电，又仿佛柳枝在春风中肆意飞舞。可是，却有一个洒脱而诗意的名字《逍遥游》。作画的时候，吴老已经八十岁了，他的画意和情思不就是春风里的枝条，随意飞舞，潇洒、孤单、自由，用抽象的形态表现了大自然的律动和自己心里的感受，令人耳目一新。艺术从来都是我行我素，一意孤行。吴冠中一生徜徉在艺术的殿堂里，常常一个人外出写生，饱览名山大川，山中看云，舟中看霞，一走就是几个月。头戴草帽，面容憔悴，衣裳上沾满了作画时的颜料，多少天也不知道换一件干净的衣裳。不相识的人，谁会认出这样一位衣衫不洁、又黑又瘦的老人是大画家吴冠中呢？

《逍遥游》大概是他暮年作画时最好的心灵写照。在艺术的殿堂里，逍遥自在，从容舒展。如天空的燕子，无拘无束，自由驰骋。畅游在艺术的天空，孤独和寂寞就是一种最美的享受，那是一个人的盛宴，一个人的孤单，一个人的心醉，不要喝彩，也不要掌声。

只有内心宁静、淡泊如水的人，才懂得享受孤独的美和忧伤。

民国一代名媛陆小曼，大多数人知道她，因为她是诗人徐志摩的遗孀，她另一个才女身份完全被世俗遮蔽了。

她冰心聪明，兰心蕙质，琴棋书画，皆信手拈来。她十六岁精通法文和英文，翻译过《泰戈尔诗选》等，擅长昆曲……

看她年轻时的一帧黑白照片，一个人坐在桌前读书。一头短发，穿着素色典雅的旗袍，一串珍珠项链垂在胸前，那么文雅娴静。一位女子低头读书的时刻，连世界都安静了下来。

她二十九岁时，徐志摩乘坐的飞机失事，诗人香消玉殒。此后，她再也没有穿过一件红色的衣裳。她生命中最绚丽灿烂的年华永远逝去了，烟花一样的女子，一瞬间燃尽了韶华，连同她美好的爱情。

后来，她倾尽所有，陆续出版了《志摩全集》《徐志摩诗选》。中年的她洗尽铅华，提起一支画笔，寄情山水间。她的山水画品格极高，寥寥数笔，远山、峭壁、流水、近处的树木，山寒水瘦，枯笔尽显，没有人间的烟火气息。连画中的人也是这样，孤单寂寞，寒意弥漫，如同她自己的人生。那些画再现了她内心的足迹，寂寥、孤独、寒冷。

此时，孤独是一种境界。

她暮年时任上海中国画院专业画师，举办过个人画展。

读她写的《遗文编就答君心》，真是才女文章，文风清丽，静气流淌。她在文中回顾了一生的情感，云淡风轻，从容安然，原来一切皆被原谅了。

寒风凛冽的季节，我在北京的护国寺胡同，看见梅兰芳故居，已是下午四点多，故居谢绝参观。站在故居前拍了照片，因为这里曾经住过一位艺术大师。记得电影《梅兰芳》中的对白，他的朋友说："谁毁了梅兰芳的孤单，谁就毁了梅兰芳。"说得多好！不论哪一门艺术，要达到炉火纯青的境界，都不是哗众取宠、轻松自如、信手拈来的。只有甘愿忍受孤独与寂寞，苦心锤炼者，才能成为一代大师。

不论绘画、文学、音乐，还是戏曲，任何一门艺术，皆是超越功利和浮华的，到了一定的境界，都是向内而求的，那是一种内心的修炼。

春日里常一个人去江畔赏花。有时落了细雨，独自在江畔看落红翩翩，空中还飘着雨滴和几声鸟鸣，什么也不想了，一路看过去，就是境界。我有一江春水，两岸繁花，并不觉得孤单。因为，内心饱满如繁花盛开的春天。

点评

文中娓娓道来的叙述，总能捕获读者的心。画家林风眠的孤独，吴冠中的孤独，才女陆小曼的孤独，文章以"孤独"为线索，笔意简静洒脱，感情真挚。孤独和寂寞是艺术创作必需的境界，它滋养了一代大师，也成就了一代艺术大师。

删　繁

清晨,落了大雪。墙角一树梅花在雪中盛开,疏影零落,凌寒留香,自有一种冷艳、清丽的美。

榉树的红叶在寒风里纷纷落尽,枯瘦的枝丫伸向碧空,光秃秃的树枝上蹲着几只麻雀,披着灰色的大衣,将小脑袋缩进脖子里,仿佛冬天里穿着厚棉衣匆匆赶路的人。

删繁就简三秋树,是郑板桥的诗句,似乎在描写冬日的景致。

那天和大涵老师聊天,他说:人这一生,年轻时宾朋满座,把酒言欢的朋友多得数不清。随着年纪渐长,中年的人生便是在做减法,删繁就简,剩下三三两两的朋友,成了一生肝胆相照的知己。

是啊,时光是一把神奇的雕刻刀,镂刻世间一切的情感,将那些可有可无的东西都舍弃了,无论友情还是爱情。钱锺书先生在《谈交友》中说:"假使恋爱是人生的必需,那么,友谊只能算是一种奢侈。"可见,千金易得,知己难求。友情从来是金钱买不来的奢侈品,漫漫人生,得三两知己,足矣。

午后,树枝上落满积雪,那些树就成了吴昌硕笔下的一幅画。此时,雪中的树木瘦劲秀挺,冰清玉洁,没有细枝密叶,简洁、静美,风骨铮铮。

鲁迅先生谈写作时说:"竭力将可有可无的字、句、段删去,毫不可惜。"这是先生写作的秘诀。删繁就简三秋树,是郑板桥作画时的感悟,作画时以少胜多,用简洁的笔墨表达饱满丰富的内涵。可见,任何一门艺术要达到至高的境界,都是以洗练取胜,无论绘画还是写作。

看吴冠中先生的一幅画《墙上秋色》。画中大面积是雪白的墙壁,苍劲的藤条枝枝蔓蔓,爬满粉墙。那是秋深霜降的季节,藤上的叶子枯萎飘零,枝条却潇洒闲逸,似流云、细雨、微风、浅草,又如春水初生,碧波荡漾。

原来,一面粉墙是素洁的宣纸,一扇轩窗是粉墙的眼睛。

墙上枯藤几枝，残红几片，诗意洒然，有说不尽的禅意。

这幅画好像一个人的中年，把多余的一切都删除了，心头的烦忧，生活的失落，外在的光环，全都放下了。只余下铁骨铮铮的枯藤，坚韧、闲逸、自在、风骨犹存。吴先生以简洁的线条表达了画外诗情，意蕴无穷。

画家笔下的墙上秋色，原来是画外的人世春秋啊。

中年的人生，就是一棵落尽繁华的榉树，苍劲挺拔，沉静从容。读叶芝的诗："她劝我们从容相爱，如叶生树梢。她劝我们从容生活，如草生堤堰。"其实，人可以像植物一样简单生活，内心从容而身体舒展。

中年的人生，才慢慢懂得删繁就简的深意，学会自省、节制、舍弃、惜福。舍弃内心的贪念、名利、欲望，像雪中的一树寒梅，剪雪裁冰，芬芳暗盈，却有清气满怀。

点评

删繁二字，有着意境之美。文中从深冬落尽繁华的大树、吴冠中笔下的画，写到人生的中年才慢慢懂得删繁就简的深意，学会自省、节制、舍弃、惜福。笔意散淡，但风骨清奇，宛如一幅水墨画。

寻　常

有人问画家黄永玉，您的人生哲学是什么？他只回答了两个字：寻常。

说得多好。

烟花三月，我坐在书房读书，窗外的鸟儿在桃花丛中谈天。累了，就倚着窗子向外张望，从窗口望去，小区的围墙外有一户农家。春日的午后，老婆婆抱着一个小婴孩，哼着小曲，哄他睡觉。院中的水池边，有女子在浣洗衣物。墙角的几枝桃花灼灼，落了一地嫣红的花瓣。我看着她们，仿佛回到我童年的故园，桃花开遍，柳丝如烟，听燕儿一家在屋檐下呢喃，这就是寻常人家，寻常的幸福，那么静美、温馨。

读汪曾祺先生的文章，其中写家乡的集市："若是逢集，则有一些卖茄子、辣椒、疙瘩白的菜担，一些用绳络网在筐里的小猪秧子。我们就怀了很大的兴趣，看凤穿牡丹被面，看铁锅，看扫帚，看茄子，看辣椒，看猪秧子。"心底无事，只那样一路看去便是境界。是啊，一路看过去，看市井人生，看世间百态，便是境界，透着寻常人世的喜悦和安然。

年纪渐长，喜欢去的地方也是早市，看卖菜的小车上摆着白玉似的豆腐，还有水灵灵的青菜，红艳艳的辣椒，水池里养着一群活蹦乱跳的鲤鱼。汉江畔的小城里一家早点摊卖蒸面，小店门前的人排起了长龙。老板是个中年女子，手腕上戴着手指粗的金镯，手里端着盆收钱，大声叫着：一大一小，大碗不要辣椒，小碗不要大蒜——招呼往来的客人，挥洒自如，有条不紊，如一位大将军。门前十几人排队，她收钱找零不慌不忙，从未见她出错。人声鼎沸，食客们吃得热火朝天，俗世的烟火气都在小店里。

原来，寻常日子就是柴米油盐，鲜活饱满，生生不息。

在超市里，她遇见少年时心仪的男同学。曾经那个十几岁的翩翩美少年，骑着单车，飞驰而过，洁白的衣衫，蓝色的牛仔裤，剑眉星目吸引了多少女孩的目光。她远远望着他，如今，他头发稀疏，有了小肚腩，无可奈何花落去，樱花一样的青春，永远逝去了。与他在超市的自动扶梯上交错而过，他手里提着一把小葱，她低下头，假装没有看见他。在生活面前，错过，失去，离别，都是寻常。曾经的花样年华，都是再寻常不过的一小段人生。那些难忘的少年情怀，在生活的大宴面前，原来只是这一把小葱。这就是寻常的人生。

读木心先生的《文学回忆录》。木心讲《红楼梦》中的诗词，这样说："如水草，取出水，即不好，放在水中，好看。"从没有人这样评价《红楼梦》中的诗词，却是如此妥帖、自然，让人折服，简洁不芜，水气泱泱，更有万千气象。

木心还讲过，大仲马是个老板，他和兰姆是好朋友，常常一起喝茶，聊天，散步，打电话。人生和艺术，要捏得拢，要分得开，人生、艺术，两者就成熟了。原来大作家也有寻常的人生。他还说："卡夫卡苦命、肺痨、爱焚稿，该把林黛玉介绍给卡夫卡。""西蒙种葡萄养写作，昔年陶潜要是不就菊花而改种葡萄，那该多好！"一切都是信手拈来，文风流利，至情至性，令人莞尔。木心出入古今，洒脱自如，文学巨匠在他眼中也是寻常人，大师仿佛皆是他的芳邻，一出门就会遇见他们，见他们提篮买菜，过柴米油盐的日子，他们的爱恨悲欢如俗世中任何一个人。

好文字正是这样，拿得起，也放得下，举重若轻，从容自然，耐人寻味。

木心从不仰望大师，不学院派，不说教，不迟疑，三言两语，自由舒展，却如万马奔腾。他平视那些文学巨匠，平视一切现在和未来的读者，平视大家，谈他们的寻常人生。

有记者采访作家史铁生，问他："您的专业是写作吧？"他笑了笑，回答说："我的专业是生病，业余爱好是写作。"听着他的话，内心无尽的悲凉。

他去世后，将身体有用的器官肝脏、脊椎、大脑都捐献了。他二十一岁就瘫痪了，而后又患了严重的肾病，每周数次去医院做血液透析，直到生命的终结。距离他六十岁生日只有四天，那个在地坛里玩耍的孩子，走了。那个几十年坐在轮椅上的哲学家，站起身，走了。他来世上一趟，告诉人们，这就是他寻常而又不寻常的人生。这样的人能将冰雪融化，给荒寒的尘世以温暖。

寒冷的夜晚，从医院回来，因为父亲正在住院。静夜里，疲惫的我坐在电脑前看书稿，怀里抱着暖水袋取暖。看得久了，眼睛干涩难耐。于是，在心里暗问自己,这般辛苦为了什么?原来,我只是为了让父亲早一天看见我最新的散文集出版,趁一切都还来得及的时候。两代人生命的衔接处,光阴只是薄薄的一片雪花。深夜落雪了,我站在窗前看雪花飞舞,仿佛看见父亲一个人在风雪中跋涉,举步维艰,我眼睁睁看着,看着他衰老、病弱,却无能为力,唯有心疼不已。想着病中的父亲,我再也不能行走自如的父亲,再也不能像从前一样谈笑风生的父亲,眼泪忍不住落下来。翻书,读到歌德的一句话:“没有在长夜痛哭过的人,不足语人生。”仿佛那句话是为我写的,这就是我那段寻常的人生。

在江南水乡的小镇西塘闲逛。晨曦里,临街的小店铺前,一对老人在卖馄饨,白发的婆婆坐在木桌前包馄饨,馄饨如一只只小白鸭乖巧地卧在竹匾里。老爷爷手持蒲扇,弯着腰,忙着给炉子生火,粉墙黛瓦的屋顶正升起袅袅炊烟。寻常是什么?是一对白发老人,相依相伴着,一同老去。

寻常也是春和景明,好花好天。寻常更是细水长流,一餐一饭,是人世的踏实和温暖。

点评

“寻常”两字穿起全文,笔调温婉沉静,说理清新诗意。本文启示读者:寻常也是春和景明,好花好天。寻常更是细水长流,一餐一饭,是人世的踏实和温暖。

静水流深

暮春时节，一个人在徽州宏村的小巷里流连，几枝淡黄的凌霄花从一户人家的矮墙上探出头来，微风轻轻，落花细细。白发的婆婆坐在门前的木凳上绣花，有缠枝莲花，戏水鸳鸯，牡丹花开。她脚下卧着一只白猫，正在酣睡，小巷深处传来婉转的笛声，笛声绕着翩翩的落花、门前的老人和那只白猫，那一刻，光阴仿佛静止了。

静，是如此美好。

深夜读唐诗。“长安一片月，万户捣衣声。”那是映在李白酒杯里的月亮，那是杜甫、王维的诗意长安。夜静了，八水环绕的古老长安就沉浸在如水的月色里。有人在水边浣洗，捣衣之声阵阵回荡在水面。万籁俱寂的夜，捣衣声更显得夜的沉静与幽深。

“鸟宿池边树，僧敲月下门。”那是诗人贾岛骑着一头毛驴，行走在长安的夜色里，随口吟诵的诗句。一只只小鸟在树上睡着了，僧人一声声轻轻的敲门声传得很远很远，万籁俱寂，世界都睡去了，敲门声更显得夜深人静。唐诗里的静，不仅是万物的静，也是诗人心灵的安静和悠然。

寒冬里，在中国美术馆看“搜尽奇峰——20 世纪中国山水画选展”。在画家吴昌硕的画中是茅屋的一角，雪中几株傲雪的芭蕉，大面积的淡墨和留白，画出雪天迷蒙苍茫的景象，不见一个人，却有说不出的意境，人站在画前，心一瞬间就安静下来。岁暮大雪天，压枝玉皑皑。被积雪压弯的芭蕉，似一个人，在寂静的大雪天，听雪落寒窗，也听茅屋中的人轻声吟诗——画家笔下多是表达自己的心迹和人生，是内心的独白，也画出了传统文人白雪般高洁的心灵。窗含西岭千秋雪，隔着百年的光阴，清寒、静寂的气息一瞬间向你袭来。

在博物馆看瓷器，一尊唐代素白的瓷瓶，通体白色，素洁干净，温润如玉，仿佛一位穿白衣的中年男子，满腹经纶，通古博今，但沉静寡言。人只有到了中年，才会向内而求，放下那些炫目耀眼的光环，人生渐渐向回收拢了，经过生活的烧制、凝练，心灵才有了安然和宁静。静默在光阴深处，不浮夸，不张扬，闲静少言，不慕荣利，把自己修炼成一尊瓷。

最美的爱情是沉静的。金岳霖先生是清华大学的逻辑学教授，他孑然一身，养着一只健硕漂亮的大公鸡，与他做伴，和他同桌吃饭。金教授对林徽因的才情谈吐极为欣赏，林徽因学的是建筑，但是她的散文、诗歌空灵洁净，风格清新，独一无二。他爱慕她，是她一生的挚友和知己，在她一生的每一次重大事件中，都会有他伟岸的身影。

有一日，金岳霖先生在饭店请客，众人来了就问，您因何事请客啊？他说，今天是林徽因的生日。此时，一代才女林徽因已经去世多年。听到这里的回答，内心无比地柔软，真是不言相思，却是无尽的相思。这样的爱情是寂静的，默默无语，不着一字，也是天上人间。他再不需要向她表白，只要岁月知道，光阴知道，她知道。内心充盈爱情的人，让你感受到人世情缘的美好，爱情的尊严、高贵和无私。那样的爱情执着而绵长，与光阴无关。

风和日丽的午后，和老师一家在江畔茶楼喝茶。草木葳蕤，江水微澜，白鹭蹁跹，有几只在裸露的沙滩上悠闲地漫步。小桌，竹椅，淡茶几盏，有时谈天说地，有时，不说什么也是好的。只是安静地对坐着，品茶宜对知己，心中之事，只说三分。

她拿出手机对着江水拍照，看着桌上我的按键手机，笑着说，你该换手机了。我说，我的手机只接电话和短信，不上网，不拍照，不发微信。拒绝现实的纷扰，身边走过的人往来不息，做一个沉静的人，静静感受，写出温暖、洁净、朴素的文字，仿佛是写给远方朋友的书信。

作家亦舒说："做人凡事要静，静静地来，静静地去，静静努力，静静收获，切忌喧哗。"我以为，她讲的是写作时内心安静的状态。不圆滑世故，不随波逐流，不慕虚名，保持一颗沉静的心，才能听见自己心灵的呼吸。不是吗？写作，从来都是内心的呼吸。

写作者仿佛一位习武之人，比的是内功，而不是外力。内力到了，才有了静气和沉稳，好文字是四两拨千斤。写作时着急不得，欲速则不达，心若是慌了，文字的气息就断了。懂得拒绝喧哗和欲望的人，文字和人一样，会慢慢变得洁净和坚韧。

好的文字，似春水初生，不染纤尘，静水流深。

在喧嚣的尘世里,我学做一个有静气的人。渐渐放下年少时的虚荣和浮躁,不抱怨,不纠结,优雅从容,气定神闲,与生活、写作相濡以沫,握手言欢。这些于我,都是一种内在的修炼。

点评

读这篇文章,如听禅语,处处禅机,使人清心而又明智,真可谓:清明之人,清明之文。好文章有着静气、清气和大气,才有如禅般的心境和禅语般的文境。

清水一般的杨绛

看她和钱锺书先生年轻时的照片，钱先生潇洒俊朗，她温婉清秀，一对璧人。我觉得，他们骨子里散发出的端庄和儒雅最为动人。老年时，他们都穿着黑色的衣裳，戴着黑框的眼镜，两位白发老人一起捧书阅读的侧影，那么安详、静美、温情。他们一生只做好一件事，此生只深爱一个人。

世间所有的繁华都过去了，他们一生有书相伴，一同在书香里优雅地老去，多好。钱锺书先生曾称赞她：最贤的妻，最才的女。

读杨绛先生的《百岁感言》，不由得惊叹，杨绛先生已是百岁老人了。岁月的河流中，有的人就像一坛尘封多年的美酒，历久弥香，醇厚芳香。

老去的只是时光，不老的，永远是她的人格魅力。

她在《百岁感言》中写道："一个人经过不同程度的锻炼，就获得不同程度的修养，不同程度的效益。好比香料，捣得愈碎，磨得愈细，香得愈浓烈。"我们曾如此渴望命运的波澜，人生最曼妙的风景，竟是内心的淡定与从容……

她八十余岁时，钱锺书先生和女儿钱瑗相继病重住院，她奔波在两座医院、两位病人之间，悉心照料，无微不至，辛苦和操劳可想而知。钱先生临终，眼睛一直未合上，她在他耳边柔声地低语："你放心，有我。"听到这句话，钱先生安然离世。

这是她年轻时常对他说的话。早年她和钱先生一起留学英国，她在英国牛津生下女儿钱瑗。她在住院期间，常见钱先生苦着脸去看她。一次，他说，我将墨水打翻了，染了桌布。她说，不要紧，有我，我洗。几天后他又说，门轴坏了，不能锁门了。她又说，不要紧，有我，我修。他感激之余，对于杨绛所说的"不要紧，有我"深信不疑。钱锺书一生学贯中西，著书立说，但在生活琐事面前却如幼童一般，束手无策。

她一生陪伴在他身旁，与他比翼齐飞，不离不弃，做他温柔的伴侣。直到他生命的尽头，她还是那句话："你放心，有我。"那么坚定而无悔，在生死面前，内心如此强大和沉静，令读者落泪。此时，她今生唯一的孩子钱瑗也已经过世。

她说："锺书逃走了，我也想逃走，但是逃到哪里去呢？我压根儿不能逃，得留在人世间，打扫现场，尽我应尽的责任。"

尘世间，她最爱的两个人都离她而去，内心的悲苦和孤独无以言表。年近九十岁的老人，提笔写下散文集《我们仨》，写下一个学者家庭半个多世纪的患难情深，写下"我们仨"在人世的点点滴滴，如细雨微风，温馨感人。在她的笔下，他们又回来了，字字饱满，情深意切。

她年近九十岁，开始认真整理钱先生几十年来的手稿和笔记。那些手稿历经半个世纪的风霜，纸张发黄变脆，字迹模糊不清，她一字一句艰难地辨认，抄录，整理，而后相继出版了《钱锺书手稿集·容安馆札记》《钱锺书手稿集·中文笔记》。

他离去了，留下她一个人在人世间"打扫现场"，完成钱先生未完成的事业。她以这样的方式，寄托自己深深的思念。书稿所得的稿费和版税 800 万元，全部捐赠给母校清华大学，成立"好读书"奖学金，留给后来的莘莘学子，连同他们一生严谨治学的精神。

有一次，媒体邀请她参加作品研讨会，她没有去，还幽默地说："稿子交出去了，卖书就不是我该管的事。我只是一滴清水，不是肥皂水，不能吹泡泡。"听她的话，令人莞尔。

她说得真好。她就是一滴清水，文字和内心一样洁净、透亮。她一生清华其外，淡泊如水，从不做媚世之态，一生沉浸在文字里，一活就是百岁，终成一代大师。

点评

杨绛先生就是一滴清水，她的文字和内心一样洁净、透亮。她一生清华其外，淡泊如水，以她的学识和人品，感动和感染读者。

怀念张充和先生

2015 年 6 月 18 日，张充和先生在美国的纽黑文去世，享年 102 岁。

有一帧照片，绮年玉貌的她穿素色旗袍坐在竹椅上，端庄清丽，眼神干净，美如一块碧玉。

合肥张氏四姐妹出身于苏州的诗书世家，琴棋书画，诗词歌赋，样样精通。这四位女子是张元和、张允和、张兆和和张充和。张充和先生是姐妹中最小的。

叶圣陶先生曾说："九如巷张家的四个才女，谁娶了她们都会幸福一辈子。"大姐张元和的夫君是昆曲名家顾传玠，二姐张允和的夫君是周有光，三姐张兆和的夫君是沈从文。张充和则嫁给了德裔汉学家傅汉思。

她少年时，家中姊妹合办了一本刊物《水》，有文章、诗词、绘画、书法，从编辑、抄写到装帧、出版都是姊妹们自己动手，多么有情趣的一家人啊。

第一次见张充和先生的书法，是在湘西凤凰沈从文先生的墓碑上。上面刻着她题的挽词："不折不从，亦慈亦让；星斗其文，赤子其人。"晋人小楷，风骨俊秀。四句诗中镶嵌四个字——"从文让人"，几乎概括了沈先生的一生。我以为"让"字最好，沈先生的一生，纯粹、慈悲、宽容，他将一生的坎坷屈辱都忍让了，只留下文字的脉脉清香，随着沱江的潺潺清流飘向远方。

她幼年时未进学堂，在家中和名师朱谟钦学习古文和书法，十六岁师从昆曲名家沈传芷学昆曲，十九岁以国文第一名、数学零分的成绩考入北大中文系。那时她爱戴一顶红帽子，骑着单车穿行在北大的林荫道上，北大学生称她"小红帽"。她洒脱灵秀，冰雪聪明，昆曲更是唱得细腻婉转，风情万种。在北大她和沈尹默、章士钊、沈从文、张大千、卞之琳师友相从。那时的生活真是风花雪月，海棠结社，姹紫嫣红，多少浪漫和诗意。

汪曾祺先生在文章中写唱昆曲的她："张充和唱昆曲，是水磨腔，娇慵醉媚，若不胜情，难以比拟。"抗战结束，她在苏州拙政园的一叶兰舟上唱昆曲："良辰美景奈何天，赏心乐事谁家院……”亭台水榭间，临水照花人，真是倾国倾城，无限风华。

难怪诗人卞之琳偶然遇见她，从此对她一见钟情，一往情深。那份爱情，是一场美丽的意外。邂逅一个人，只需一瞬间，爱上一个人，往往会是一生。年轻的诗人写过许多首诗给她，比如《断章》：“你站在桥上看风景，看风景人在楼上看你。明月装饰了你的窗子，你装饰了别人的梦。”其实，张充和就是“你装饰了别人的梦”的“你”。诗人一生爱恋她，给她写过上百封信，她没有回应。此时，她已经心有所属，后来嫁给了汉学家傅汉思并移居美国，和傅汉思一起在耶鲁大学任教，她教书法和昆曲。

诗人的爱情原来只是一场单相思。那是一个人的华宴，一个人的忧伤。正如歌德的话：我爱你，与你无关。有的爱情，不要回报，也不要掌声，诗人的苦恋没有缔结一段完美的爱情，却成就了一位杰出的爱情诗人。气质如兰的女子，怎能不让诗人一辈子心心念念？有些人，一生也不会走进你的生活，但是，她一直都藏在你的心里。

抗战期间，她在重庆师从书法名家沈尹默先生学习书法。沈尹默先生称赞她的书法为“明人学晋人书”。她的书法品格极高，尤精小楷。楷书似文人，端然秀丽，沉稳飘逸，如兰花摇曳，字字生姿，终成一代大家。

那次，她和苏炜教授讲起沈尹默先生。还在重庆时，一天下午，她和沈先生一起在餐馆用餐，饭后，沈先生不放心她一个人回家，执意要送她到公交车站。此时，天色已晚，沈先生是高达一千度的近视眼。等公交车来了，她和沈先生挥手道别，却没有上公交车。沈先生以为她已经上车，转身离去。她便偷偷地跟在沈先生身后，看着他在黄昏里摸摸索索，一路磕磕绊绊寻回了家，她才放心离去。她说，沈先生一直没有发现我跟着他呢……直到暮年时，她讲起这段往事，忍不住“咯咯”地笑起来，如少女一般调皮可爱，此刻，你仿佛看见她年轻时俏丽活泼的模样。

张先生写书法时，多用珍藏的明清时期的古墨，墨上面刻着一行小诗：一生知己是梅花。她慢慢地研磨，静静地书写。古老的墨是光阴凝结的一枚琥珀，有岁月沉淀的松柏芬芳，轻轻敲击，有金石之声。她说，古墨写出来的字都是有香味的。可不是吗？用这样的古墨，写兰花一般的书法，真是留得年年纸上香。

作家董桥最喜欢她的书法，他说，我迷张先生的书法迷了好多年，秀慧的笔势，孕育深厚的学养，集字成篇。

她独特的气质，都是诗书滋养的精神之美。她是集学识才艺、琴曲书画于一身的人，也是将东方的古典美携带一生的人，更是将艺术之美携带一生的人。我们被俗世的尘埃磨损而去的艺术知觉，在她心里都完美无缺地保留了下来。

只有心中有静气的人，仿佛一生都在品茶，水是沸腾的，心是安静的。看世事沧桑，风云变幻。她内心纯净，气定神闲。

书法和昆曲是她一生的知己。她一生去过许多地方，但是，似乎永远活在豆蔻年华时的苏州园林，活在杏花春雨里的江南水乡，活在才子佳人流丽悠远的昆曲中。她每天依然唱曲，习字，吹笛，作诗，一生徜徉在艺术的天空里，最美的人生也不过如此。

百岁的张充和依然秀丽、洁净、清贵，常穿着一袭典雅的旗袍，清风秀骨，仪态万方。她和夫君傅汉思既是柴米夫妻，又是神仙眷侣，他们举案齐眉，琴瑟相合，牵手走过半个多世纪。结婚二十周年纪念日，她曾题诗给他："莫求他世神仙侣，珍重今世未了缘。"她百年的人生，爱情、艺术都如此和谐、完美和圆满。

喜欢她的诗："愿为波底蝶，随意到天涯。"自由洒脱，诗意流淌。暮年的她仿佛是一只张着翅膀的蝴蝶，停留在岁月深处，风姿翩翩，神情端然。

春花秋月何时了，往事知多少？百岁的民国闺秀，仿佛是时光的代言者。如果，一个世纪的流年往事都是历史云烟中的山水画卷，她则是山水云烟中的水墨留白，有着穿透岁月的恒久之美，人格之美。

点评

本文叙事怀人，清淡从容。被尊称为"先生"的一代民国闺秀张充和，她是集学识才艺、琴曲书画于一身的人，也是将东方的古典美携带一生的人，更是将艺术之美携带一生的人。

不在梅边在柳边

新春里，我送给朋友们的新年贺卡，就是用丰子恺画作制成的明信片。他的笔下万物有灵，一张张画简洁美好，春意盎然，令人心生欢喜。

一幅画中，柳丝如烟处，有一座小屋，远远望去，客舍青青柳色新，低矮的竹篱笆墙围着小院。一双乳燕翩翩飞来，母亲就坐在柳树下，忙着手里的针线活，小女孩仰着桃花般的小脸，指着天空中的一双燕子，对妈妈说：妈妈，看，燕子又飞回来筑巢了！孩子满眼喜悦，想必母亲的心和她一样喜悦。她们每年春天等一位朋友回来，画里都是人与自然的款款深情。

丰子恺的画诗情流淌，不在梅边在柳边。

他爱画柳树，昔我往矣，杨柳依依。《翠拂行人首》这幅画，仿佛就是一首小诗。一夜春风，江河万里就掩映在无穷的绿色里，清清河水边，走来两位女子，一位女子手里牵着孩子，天空里紫燕翻飞，河边碧草青青。让人想起那句诗："三月三日天气新，长安水边多丽人。"

香港作家小思喜欢丰子恺先生的画，用"翠拂行人首"这句诗作为她散文集的书名，其中收录了许多篇她解读丰子恺画作的文章，她雅正的文风和丰子恺先生的画风心心相印。可见，无论光阴过去多少年，丰先生的艺术魅力仍感动着许多人。

我喜欢先生另一幅画《小桌呼朋三面坐，留将一面与梅花》。茅屋前，竹篱旁，寒梅盛开。三人围坐小桌前，坐对一树红梅，如同坐对一位挚友，梅花原来是历代文人的知己吧。此时，品茗、闲谈、吟诗，也可把酒话桑麻。他的画有古风，含蓄简静，纯净天真，雅兴悠然，充满了中国画的意境之美。

母亲手里牵着胖胖的小宝宝，他还在蹒跚学步，路都走不稳。四五岁的小女孩仰着头，伸手去接空中的落花，花儿闲闲自落，燕子衔着春泥回来做窝了，这是《衔泥带得落花归》中的情景。又是一年春归去，落花本是无情物，化作春泥更护花。落红点点,记取人间多少温暖的回忆。

他喜欢画樱桃,一扇典雅的木格窗前,碧绿的芭蕉随风摇曳,桌上白瓷盘里摆放着红玉似的樱桃,有红蜻蜓从窗外飞进来,一支点燃的香烟升起袅袅青烟。红红的樱桃,映着翠绿的芭蕉,色彩明丽,生机蓬勃。《红了樱桃,绿了芭蕉》,这大概是缘缘堂暮春时节美好的写照,一派恬淡安然,岁月静好。

这幅画选题自宋代蒋捷的词:"一片春愁待酒浇。江上舟摇,楼上帘招。秋娘渡与泰娘桥,风又飘飘,雨又萧萧。何日归家洗客袍?银字笙调,心字香烧。流光容易把人抛,红了樱桃,绿了芭蕉。"他的画里有诗,还有剪不断、理还乱的春愁和惆怅,令人感叹年华似水,人生易老。

《落日呼归白鼻豚》这幅画中,茅屋几间,门前有老树和溪流,落日余晖里,白发的老婆婆一声声唤它回家,它不是海豚,只是一头长着白鼻子、黑白花的小猪。这样的景象,一次次出现在梦里。恍惚间,我看见慈祥的祖母站在粉墙黛瓦的小屋前,一声声呼唤回家的不是白鼻豚,而是几只母鸡和一群毛茸茸的小鸡。

看着画中岁月,已经过去几十年。匆匆流年,浮生若梦,可是他画里的温情,永远不会随着光阴流走。

在他的故居,石门湾的水依旧潺潺流淌着。这里曾住着一位画家。看着墙上的照片,他戴一副黑色边框的眼镜,留着一大把雪白的胡须,满脸笑意,温和慈善,我觉得他不是画家,他只是天下孩子们仁慈的父亲。他用一支画笔反反复复画着杨柳、梅花、燕子、斜阳、流水、月亮、羊群、小狗、孩子、老人和车夫。漫漫人生,烽火连天的抗战岁月,他依然没有放下一支画笔。有时,觉得他的画于战争而言,是那么极不合时宜。可是,无论怎样的悲伤苦难,流离失所,乱世里人们心里向往的就是一派平安祥和、春和景明的景象。他的笔下皆是唤醒,一如春风唤醒大地,唤醒人世温暖、美好的一切。他就是这样,用率真、纯净的一颗心爱着,爱着尘世值得爱的一切。

天地有大美而不言。他画着尘世大美,有情人间。

零落成泥碾作尘,只有香如故,是描写春日的落花。我认为,这句诗最合适送给丰先生,他的画里分明有花香。因为,即使在寒冬里,看着他的画,就听见他说:借问过墙双蛱蝶,春光今在阿谁家?

丰先生画似春光！

点评

本文的题目别出心裁，有诗情画意，原来是写丰子恺先生的画。他笔下的每一幅画，皆是唤醒，唤醒人间悲悯和真情，一如春风唤醒大地，唤醒人世温暖、美好的一切。

不如和花缠绵

时常在《散文》杂志上看老树的画。穿长衫的民国男子怀抱着一枝梅花，从山中走来，远山、近树，脚下野草几株，画上题诗："春深好题画，两物最入诗。水上雨数点，山中一枝花。"画中人均无眼目，更无表情，但是，闲逸散淡，意蕴悠长。看着那幅画，就想起丰子恺的画。一个人站在梅树下仰头赏梅，也许，天空刚落了雪，树下已是落红翩翩。白雪红颜，相看两不厌。画上有诗："触目横斜千万朵，赏心只有两三枝。"原来，梅花是历代文人的知己呀。

老树的画中，一个人背倚着一株梅树吹箫，箫声蜿蜒而来，梅花闲闲自落，淡淡几笔，画出娴静、清高的文人情怀，也画出许多文人心中的梦境。去山中访友，踏雪寻梅，水边吹箫，花间品茗，似乎自古文人没有做完的梦，被老树一支画笔忽然唤醒了。

有人说，老树的画有意思，我说，有意思的东西才有性情。有意思的画，再配上一首小诗，更是妙趣横生，令人莞尔。

在书店买来老树的画集《花乱开》，静夜里细细翻阅，只觉心思澄明，岁月静好。

《花乱开》书名真有趣。"乱"字多好，无规矩，无限制。法无定法，不束缚画家的灵魂，便是艺术创作的最高境界。"乱"也是人家院墙里探出的一枝桃花，疏淡有致，清香悠然，耐人寻味。不信，你看：一幅传统的水墨画，穿长袍的人，双手抱着树枝，双脚腾空。枝头繁花烂漫，他抱着树枝荡秋千，优哉游哉，山空人静，水流花开，连人也要在春风里睡着了……画旁有诗："无奈生于世间，日子真不清闲。与其与人纠结，不如与花缠绵。"这大概是老树作画时心灵的写照吧。一颗在红尘中疲惫不堪的心灵，在画里才能自由地呼吸，我何尝不是呢？

一个人独自在水边吹箫，水中的睡莲还在梦里。江南可采莲，莲叶何田田。一朵白莲睡在碧绿的荷叶上，如同白胖的婴儿睡在绿床上。他倚在水边吹箫，箫声是水面上的白鸟，低飞徘徊，把一池的睡莲唤醒。“一池睡莲总不醒，推说池畔草未青。春风悄然已走近，我说消息你来听。”

看老树的画，品出两个字“天真”。我以为，天真是艺术创作最好的状态。我也觉得老树应该是一个天真的读书人。其实，丰子恺先生的画也满纸天真，童心未泯，闲逸的画中，自有一分现实的安稳。

他的画，看似传统的山水画，然而又不全是。他的画和芸芸众生没有隔阂，和这个时代没有距离，一支笔画人世百态，他的画是俗世的“浮世绘”。

原来，老树原名刘树勇，在中央财经大学任教授。最让人称奇的，是他的题画诗，书法出奇地拙朴，小诗古文功底非凡，在哲理和禅思之间，寥寥数笔，才情尽显，与他的画相映生辉。

人与自然有着无以言状的依恋，春天里的清晨，我常在江畔散步，看着一树树的花开。先是桃花开了，桃之夭夭，灼灼其华。洁白的梨花在风中摇曳，落花如雪。接着，不几日，一丛丛嫣红的蔷薇爬上了篱笆，再后来石榴花就羞红了脸，如同乡间出嫁的新娘，咧着大嘴憨憨地笑。风中绿树，旷野繁花，开在尘世。在春日里看老树的画，画中有秋蝉、蛐蛐、鞋子、小鸟、莲蓬、人物、落花，看见什么就画什么，一路画过去，就是境界，透着寻常人世的暖意。

喜欢他的另一幅画，山水间，两位民国男子坐在花树上闲聊。树下草木正深，落花翩翩，他题诗一首：“周日兄弟入深山，开花树上待一天。但凭春风催花落，不吃不喝亦无言。”两人对坐着，一同听风，看花，多么自在逍遥。他随手的几笔淡墨，带着几分古代文人的闲逸和才情，三分画意，两分诗意，亦庄亦谐，再加一分邪气，但是让人留恋其中，不忍离去。此时，艺术的灵感，何尝不是一分俗世的邪念？

后来，他在新浪微博“老树画画”账号上发了一组名为“向竹久梦二致敬册”的画，原来，他和丰子恺一样，喜欢这位日本画家。其中有一幅画：远山、房子、几株闲草，天空有燕子轻灵地飞过，一条寂静的小路伸向远方，就是没有一个人。但觉意境幽美，有情调，更有味道。

他在画中题诗：远山的影子，寂静的村道，小河的清流，布谷的鸣叫，天真的孩子，温厚的翁媪，恬淡的尘梦，全都没有了。

看着他的画,我仿佛一瞬间回到童年的故乡,粉墙黛瓦的村落,门前盛开一树粉红的合欢花,白发的祖母坐在花树下缝补衣裳,春天的风吹过原野,燕子呢喃,杨柳如烟——故乡那么遥远,往事随风飘落。

老树的画在一瞬间唤醒我沉睡的心灵,我总是在春天分外思念故乡,渴望来自泥土深处的温暖。可是,那些恬淡的梦境,如他所说,都没有了……

艺术是最美好的梦。艺术和爱情在本质上大概是一样的,都是无中生有,虚无缥缈,都是当空皓月,枝上花开。可是,依然带给我们心灵的愉悦和宁静,比如老树的画。

与其与人纠缠,不如和花缠绵,多好!

点评

作家写画家,真是素心人对素心画。艺术是最美好的梦,是无中生有,当空皓月,枝上花开。可是,依然带给我们心灵的愉悦和宁静。

蓝

蓝色，是艺术世界里沉静、优雅、深邃、朴素的色彩。

蓝色还有着一丝清幽和淡雅的美，仿佛是一缕诗魂，令人想起大海的蓝，天空的蓝，晨雾的蓝，炊烟的蓝。

画家东山魁夷，是日本著名的风景画大师，他最善于用蓝色表达自己眼中大自然的美。

喜欢他的画《晨静》。清晨，淡蓝的轻雾中，郁郁葱葱的树林，静静立在湖边。静寂的群山、树林，都用了淡蓝、淡青、深蓝，铺满了整个画面，越发显得清晨的宁静和安详。那些远山、丛林、微澜，都有无言的柔情。有风拂过林海，几只白色的鸟儿站在枝头上。大自然安然、宁静的气息一时间向你袭来。画中深浅不一的蓝色是冷色调，它含蓄、静谧、恬淡，弥漫着淡淡的乡愁和忧伤……

他的另一幅《漓江月明》，是画家20世纪70年代来中国桂林游览时创作的。

远山如黛，江水微澜。漓江的群山，在他的笔下秀丽而温情，山并不冷峻，不陡峭，但奇峰罗列，千姿百态，如驼峰、骏马、白鹿、翘首企盼的女子。画中湛蓝的天空挂着一轮圆月，并不明朗的月色，有着朦胧之美。如水的月光照着青青的群山，茫茫江水，深蓝色的苍穹与湖水融为一体。此刻，天地万物都缄默不语，唯有虫鸣如流水。隐隐地，月夜里传来清远的笛声，似燕子掠过明澈的江水。画面上铺满了淡蓝、深蓝，没有一处留白，山川寂静，水波如镜，心灵安详。站在他的画前，浮躁的心一瞬间沉静下来。

原来，蓝色在画家笔下，竟是如此饱满而神奇，他画出了明月如镜的漓江那种安详和大美。

东山魁夷曾说：我就这样徘徊在“蓝色的世界里”，这个世界各种色彩在变化，除了亮度差、色度差的变化，还因时代、民族、艺术家个性的不同，呈现出斑斓的模样，我感到这是一个苍茫无垠的世界。

他的风景画和中国的水墨画有着天壤之别。中国水墨画讲究留白,但是,他的画总是铺满了蓝色、青色、群青、灰绿——从不留白。赏他的画,人似乎一瞬间跌入幻境,画中的景物,带着梦一般湿润、清幽的气息。美到极致的东西,往往都是不着一字,令人沉默无言的。几乎每一种解读,都让画的意蕴尽失。不可说,不必说,都在画里。

青花瓷是中国瓷器中的绝响,白釉蓝花,东方文化的清雅、简约、朴素、端庄的美,都凝结在一尊青花瓷里。

在博物馆欣赏清代的青花瓷,用东山魁夷的话说,中国青花最具有东方的特色,最具有东方的性格。初见一尊青花瓷,像是遇见江南水乡采莲的女子,她穿着一袭蓝花裙,亭亭玉立,清丽脱俗,窈窕的身姿,袅袅婷婷从石桥上走来。她温润如玉,娴静寡言。她不张扬,不华丽,但洁净、素雅、冷艳,有贞静之美。

古人说,青出于蓝而胜于蓝。青花瓷中最为珍贵的就是天青色,它是汝窑中之珍品。后周世宗题诗:“雨过天青云破处,者般颜色作将来。”此时瓷器的天青色,青如雨后的天空,云开雾散之时,淡蓝的天空里出现的一丝霞光。而在光线暗淡的时刻,瓷器青色中泛着微微的蓝色,宛若一泓清澈的湖水。听说,古时的匠人们烧制这样的瓷器,都要在雨过天晴之后。好像在期待一段绮丽的爱情,要在云破日出,雨过天晴,等待峰回路转,柳暗花明,你才能遇见一生要等待的人,这一切几乎都是天意。

青花之美,美如碧玉。像一位中年的女子,历经生活炉火的凝练,渐渐将心向内收拢了,典雅沉静,淡泊安然。一尊青花,暗合了古人对艺术审美的最高要求。能将蓝色运用到炉火纯青的地步,唯有中国青花吧。

风清月白的夜,读林徽因的诗歌《那一晚》。“那一晚我的船推出了河心,澄蓝的天上托着密密的星。那一晚你的手牵着我的手,迷惘的星夜封锁起重愁。”字字如碧玉,这是一位才情非凡的女子,爱的惆怅和清愁,令人的内心无比柔软。

仿佛看见深蓝的星空下,轻雾笼罩着湖水,湖面上一对人儿划桨时的身影。想起流水落花,秋虫低吟,离别时含泪的眼眸。《那一晚》是她和诗人徐志摩在康桥的一晚,也是一代旷世才女写给爱情最美的诗歌。每个人一生最美的爱情,都是手里捧着的金沙。可是,你我手捧金沙的一刻,往往都是不自知的。当倾城倾国的女子沉浸于爱情之中的时候，她双脚不在小舟中，而是飞翔在天际，成了那一晚夜空里璀璨的星子。

原来，最美的情诗一定是蓝色的，也一定是在水边写下的。因为，诗里有薄雾一样的清愁，梦境一般的美好，湖水一样的深情和忧伤——

点评

蓝色是一种普通的颜色。本文以东山魁夷的画、青花瓷、林徽因的爱情诗为例，诠释了蓝色的艺术魅力，同时让我们感受到，作家挥洒在文字中的浪漫的艺术气息和诗情画意。

深情唯有落花知

春寒料峭时节，赏画家张震先生的画，穿长袍的男子，手里擎着一枝红梅，向你走来。画上有诗：折得花枝待美人。画中人笑意盈盈，憨态可掬。这幅画就挂在我的书房里，读书累了，望一眼画，只觉喜气盎然。

他爱画梅花，一个人倚着一株梅树，低着头酣睡。树下落红翩翩，一只装酒的葫芦也躺在地上，和主人一起睡着了，梦见梅花梦亦香。

看他笔下的僧人，三两笔淡墨，四五笔线条，洒脱飘逸，行云流水，寥寥数笔，勾勒出的人物，神形兼备，栩栩如生，皆是禅意。画上两位僧人骑着毛驴，踏雪而来，毛驴的黑映着白衣的僧人，骑着毛驴的僧人咧着嘴笑了，酣然淳朴，一派天真。心中有喜，便无苦悲。

我喜欢他的另一幅画《雨中痴读》。下雨了，他撑着一把雨伞，手里捧着一本书，读得忘乎所以，沉醉痴迷，好书如佳酿，哪里还听得见雨声、风声？艺术的至高境界，大概剩下一个字：痴。

他善用枯笔淡墨，简洁灵动，闲逸随性，画出文人内心淡泊高洁的情怀。他的画有一种清新、清雅之气，朴素脱俗，画中人儿，不论读书、对弈、听风、赏花，皆神情安然，悠闲自得，那也是文人一生追求的境界吧。

张震先生的画属文人画，几分古意，几分娴雅，几分仙气，令人难分古今，爱不释手。他的画离现实远吗？好像又不远，那是许多文人心里的梦境。或去踏雪访友，静听松风，或树下读书，品茶听琴。他的画里有诗情，看他的《佛手红莲笺》，一只佛手上轻捻一朵红莲，说不出的清雅和禅意，这是他送给作家董桥先生的一枚莲花笺。

近年文人画在网络上火了，北方以老树为代表，南京的张震先生堪称南方代表之一，他的画散淡飘逸，有文人风骨，所以，坊间就有“北老树南张震”之说。

张震先生的哲思小语：“凡是能离开的，都不是爱人。艺术上亦是如此。”令人莞尔。艺术是情趣的活动，他三十年来钟情艺术，画画、习字、写作、摄影、策划无所不精。我问他画画的心得，他只回答两个字：玩玩。说得多好，让我想起王世襄老人，玩，也许是痴迷艺术的人，一生最高的境界，他们皆有天真纯净的赤子情怀。他学画极有才华，无师自通，他的画看似线条简单，其实背后的支撑全来自他的学养和对中国画的理解。他沉迷于画中，画着画着，就形成独特风格，有着明显的个人特征和很高的读者辨识度。他每天画画、习字，痴迷其中，也乐在其中。一幅画，有时候要画几十遍，上百遍，不如意时，就会反复研画，直至满意。

那些画充满了禅意。他说："禅文化是自悟自省，不偏激，不执着，全在随缘。"说得多好！随缘自在，在画里，是哲理和禅思，在人生里，那是另一种从容豁达的境界吧。

他笔下的梅，清瘦如女子，寒香袭人。那棵松树也是瘦的，风骨铮铮。一个人坐在松树下，仰着头静静听着风声，神态悠然，内心安宁，令我想起宋代马麟的一幅画《静听松风图》。风吹过针叶状的植物，大概是发不出多大的声音。当一个人内心安静时，才能听得见风入松林，松涛阵阵。在他的画前，心一瞬间沉静下来。只有远离喧嚣的人，才能听见自己内心的声音。

他的画讲究留白，笔墨之妙，妙在疏密，黑白相继，虚实有度。老子说："知其白，守其黑。"这是人生的格局和气象，而画中的知白守黑，是懂得留白与节制。其实人生也是一样，若没有留白，就没有心灵的呼吸。

张震先生的书法，一笔一画，出奇地文雅、安静，有书卷气，极少有烟火味。任何一门艺术，只有到了沉静的境界，才有动人心魄的大美，不喧嚣，不热闹，不绚丽，一清如水，平淡天真。人间最动人的艺术，都是因为一个字——"静"，安静是一种奇异的力量。难得他的画和书法，如此安静。赏他的画，仿佛闻得见梅花的寒香。画里深情，唯有花知。

点评

文章的题目就是春日里的一幅画。画家笔下的禅意和清雅，简洁灵动，画中文人内心淡泊高洁的情怀，都被作家的一支笔写了出来。可见，任何一门艺术，对于写作，都是一扇美好的窗。

第三辑　那些美好的事

他们的情感干净透明，温暖彼此。人世的喜悦天真到了如此境界，和一个简单的人倾心相爱，一心一意，痴情不悔，直到天荒地老，多好！傅雷先生说，爱情于天地茫茫而言，实在是小。可是，我说，在荒寒的尘世间，温暖你我的除了爱，还能有什么？

你是我的暖

在凤凰古城一家名“亦素”的茶馆，我坐在花窗前品茶，读书。一抬头，就看见沈从文笔下的沱江，清凌凌的，如绿绸缎一般。一叶孤舟泊在江面，仿佛开始了漫长的等待。

翻开沈先生写给张兆和的信：“梦里来赶我吧，我的船是黄的……尽管从梦里赶来，沿了我所画的小堤一直向西走……我想你一同来坐在舱里，从窗口望那点紫色的小山。”

字字如明玉，心心念念。

“梦里来赶我吧”，只有深深爱着的人，才看到什么都想到她，想和她共有一双眼睛，一双耳朵，一颗纯净的心。世间一切的美好，要和她一起分享。醒着梦里都是她，才下眉头，却上心头……

在水边读沈先生的家书，常常无端地惆怅和伤感，坚硬的心一瞬间柔软了，化为沱江里一泓清流。想起凤凰水边他孤单的身影，那一刻，他有了兆和女士，就有了爱；有了一位温柔的知己，就如同沐浴在三月的春光里。

沿着清幽的石板路，走进小巷深处，去看望沈先生。在沈先生故居看见他们年轻时的照片，沈先生潇洒俊朗，英气逼人；兆和女士穿一件旗袍，温婉秀丽，气质如兰。她是《诗经》里走出的女子吗？“有美一人，婉如清扬。”

乘上一艘木船，沿沱江顺流而下，去听涛山看望沈先生。两岸横着苍苍的翠微，吊脚楼将伶仃的脚伸进江里，水清澈得令人忧伤，湘女的歌声如燕子掠过水面。仿佛听见沈先生轻声地低语：“三三，你若坐了一次这样的木船，文章一定可以写得好多了……”“三三，我一个人在船上，内心无比柔软伤感，三三，但有一个相爱的人，心里就是温暖的。”

“我行过许多地方的桥，看过许多次数的云，喝过许多种类的酒，却只爱过一个正当最好年龄的人。”

此刻,情不知所起,一往而深。

原来,好文字不在气势磅礴的作品里,而在云中锦书里,在人世小小的悲欢里。那里有刻骨的相思,深深的懂得,幽幽的情思,这尘世间真切的温暖,碧玉一般泊在心里;又如一件纯棉衣衫,贴心、暖心。真正温暖你我的,不就是这样的书信吗?

在七里香开满江畔的春天,我读到尘世间最美的情书。

张学良和赵一荻女士举办婚礼时,两人都已年过半百,他们的年龄加起来已经超过一百岁,婚礼现场满是鲜花、掌声,众人云集,祝贺一对生生世世的恋人。有人让张学良讲几句话,良久,他对赵一荻说:“你是我永远的姑娘。”

我读着,一刹那,泪湿了眼角。

她等着,从朱颜玉貌到老去鬓白,终于盼来这场等待了几十年的婚礼,做了他的白发新娘。他记得,初相遇时她的模样,清丽脱俗,倾国倾城。如今,她老了,执手相看两不厌,他依然爱她,爱她苍老的脸上光阴的留痕。他们携手走过漫漫人生,风雨坎坷,她与他共度几十年寂寞的幽禁生涯,不离不弃……

爱,是在老去鬓白的时候,他依然唤她,我永远的姑娘……

他深爱的女子在世人眼中老了,而在他心里,永远不会老去。

有一种爱情,与光阴无关。

画家黄永玉的一篇文章写到一代名士张伯驹先生。一次在西餐厅,黄永玉遇见张老,只见他孤寂索寞,独自坐在一张小桌旁用餐。桌上几片面包,果酱一碟,红汤一盆。张老用餐后,从口袋里取出一条小手巾,将涂上果酱的几片面包细细包好,而后缓缓离去。那是老人为妻子潘素带回去的,情深至此,让人感伤。

张老一生钟情艺术,珍爱世间一切美好的事物。琴棋书画无所不精,他又是慧眼独具的文物鉴赏大家。至今收藏在北京故宫博物院的西晋陆机的《平复帖》、李白的《上阳台帖》、杜牧的《唐张好好诗卷》……皆是他一生的心血。他不惜倾家荡产收藏历代书法珍品,而后全部捐赠给国家。可是,暮年的他,仅靠着每月八十元的退休金清苦度日,与妻子相依为命。他曾提笔写给她:素心花对素心人。精神世界的相知和懂得是多么难得,两个人一生徜徉在艺术和精神的世界里,比翼双飞,琴瑟相和,肝胆相照。

爱情是什么？是他为老妻带回家的那几片面包。浮世里最后的爱，就在一粥一饭里。那么动人，暖心。

他们的情感干净透明，温暖彼此。人世的喜悦天真到了如此境界，和一个简单的人倾心相爱，一心一意，痴情不悔，直到天荒地老，多好！

傅雷先生说，爱情于天地茫茫而言，实在是小。可是，我说，在荒寒的尘世间，温暖你我的除了爱，还能有什么？

初夏的夜，窗外虫鸣如流水，我读完他们的故事，在稿纸上写下一句话：你是我的暖。

点评

本文以“暖”为线索，贯穿全文。笔调柔情细腻，滋润读者的心灵。文字具有东方古典的美与意境，宛如一幅画卷。

洁净，是一生最难的修炼

洁净的东西，自有一种心灵的清香。

初夏，院中栀子花盛开，翠绿的枝丫开满素洁的花朵。它的香气馥郁而饱满，痴痴缠绕，让人无处可逃。白色的花朵有一种贞静之美，比如白色的荷花、茉莉、铃兰、白百合、梨花和白玉兰。

我自幼就喜欢白色的花朵，这也许是精神世界追求洁癖的表现。《幽梦影》中说："凡花色之娇媚者，多不甚香。"我却说，花之素洁者，多香气袭人。一如这淡雅的栀子花。白色的栀子花不娇艳，不华贵，仿佛是江南采莲的女子，眉眼盈盈，穿一件素色布裙，袅袅婷婷地从小桥流水边走来，却有说不出的洁净和美好。

洁净有一种清凉的质地，好像天上盈盈的月光。

读朱天文的散文集《淡江记》，还没有来得及细细阅读，却被封面上的一张照片深深吸引了。雪白的梨花盛开，朱天文梳着一对乌黑的麻花辫，与妹妹朱天心站在梨花树下，满树花枝摇曳，她们笑意盈盈，洋溢着青春的美与纯洁。"有美一人，婉如清扬。"

翻阅民国老课本，看见一幅画，一位母亲低着头，正在给幼小的孩子修剪手指甲。孩子伸出小手，安静乖巧地站在母亲身旁。文中写道："手有五指，指端有甲。甲过长，则做事不便，又易藏垢，故宜常剪之。"简洁温情。是的，母亲教育年幼的我们，要勤洗浴，勤剪指甲。人要爱洁净，由外而内，不仅要身体洁净，心灵更要如此，这些浅显的道理，其实够我们受用一生。

洁净的东西分外有风骨。

去美术馆看吴冠中先生的画展，站在那幅《残荷新柳》前，久久不能离去。霜严雪寒时节，满塘的荷花都凋零了，水面上枯枝交错，只留下枯萎的残叶和莲蓬，在寒风中静静站立，与我素面相见，一派清气凛然。水中残荷，仿佛一个人的暮年，夏天远去了，枝头的繁花皆已落尽，留下来的是一个人的铮铮铁骨，不妥协，不退让,他从容安静,气定神闲,风骨清奇。

心灵洁净的人,周身散发着淡然的芬芳。她超凡脱俗,淡泊天真,比如杨绛先生。

有一次,媒体邀请她参加作品研讨会,她没有去,幽默地说:“稿子交出去了,卖书就不是我该管的事。我只是一滴清水,不是肥皂水,不能吹泡泡。”她的话,令人忍不住笑。她说得多好!她就是一滴清水,作品和内心一样干净清澈。她一生徜徉在文学的世界里,一活就是百余岁。

她最喜欢的一首诗,是英国诗人兰德的:“我和谁都不争,和谁争我都不屑;我爱大自然,其次就是艺术;我双手烤着生命之火取暖;火萎了,我也准备走了。”字字句句,仿佛都是她的心声,灵魂无比高贵。她还写过:“我原是父母生命中的女儿,只为我出嫁了,就成了钱锺书生命中的杨绛。”漫漫人生,他们的生命融为一体,相濡以沫,缺一不可,她与钱锺书比翼齐飞,风雨与共。钱先生曾称赞她,最贤的妻,最才的女。

盛夏,收到老师从景德镇带回的一件礼物,一枚白瓷的挂件,菱形的白瓷,画着几片淡红的花瓣,是写意的荷花。握在手中,素洁如玉,我穿素色棉质的旗袍就戴着它,仿佛一朵荷花静静开在心里。

我和老师相识许多年,那时候我刚参加工作,时常给一家报纸副刊投稿,他任报纸副刊编辑。光阴似水,他始终保有西北汉子的血气方刚,抱有一颗少年般干净的心灵,豪爽刚烈,才思敏捷,对事物有独到的见解,不喜欢的人与物,决不苟同。他和我谈文学、艺术、绘画、音乐,妙语连珠,海阔天空,三言两语,如万马奔腾。我从没听他说过尘世的苦恼和琐碎,他六十岁了,依然眼神纯洁,胸怀磊落,笑容干净,卓尔不群。他常常和妻子自驾去雪域高原,大漠戈壁,天涯海角,将万水千山走遍。他说人生何尝不是一场旅行,美好的风景永远在路上。

真正的好文字,洁净饱满,一清如水。

张爱玲的小说《小团圆》,不少人谈起她的这本遗作,颇有微词,说读不懂。可是,我依然喜欢。小说在比喻和细节之处彰显了语言的魅力和张力,宛如水晶一样纯净透明。她直面自己内心的苍凉,一支笔映照出人性最幽微处的悲欣。她说:“我想表达出爱情的万转千回,完全幻灭了之后也还有点什么东西在。”

汪曾祺先生有一段话："文求雅洁，少雕饰，如行云流水。"说得真好，我一直当作自己写作的座右铭。

翻阅我少年时候的文字，仿佛是繁花盛开的春天。渐渐年长，文字开始做减法，删繁就简，舍弃了雕琢和浮华，像一棵秋天的大树，枝头的繁花慢慢落去，将枝丫伸向明澈的天空，有了静气和沉稳，也有了纯净和安然。

洁净，大概是每个人一生最难的修炼，无论文字，还是人生。

点评

"洁净"是很抽象的词语，作家用一支妙笔，将几件小事穿在一起。从文中可以看出对一个词的解读应该怎样去写，不仅要有解释和事例，更要有思辨和感受。这样文章才会饱满丰盈，更有生命力。

一件衣裳一个春天

作家董桥说,干净是好的,人和文都一样,要干净,像屠格涅夫,像初恋。读这些文字就想起白色的衣衫。白色的衣服适合初恋时期的女孩穿,因为她没有沾染一点儿人间的烟火气。雪为肌肤,花为容颜,洁白的衣裙,不盈一握的腰身,最好再梳着一袭乌黑如瀑的长发,冰清玉洁的美。电影《梅兰芳》中,年少的梅兰芳穿一袭白衫,暮色深沉时,走在白墙灰瓦的街巷上,背影竟有一种空灵飘逸的美。我以为,只有他那样的男子,才能将白色穿得如此洁净无邪,超凡脱俗。

衣服的颜色,我除了喜欢白色、藕荷色,就是蓝色了。蓝色有着一丝忧郁和薄凉的美,又仿佛一缕诗魂。秋水共长天一色,让人想起秋水的蓝,天际的蓝,水中的青草,秋虫的呢喃,垂柳的倒影,离别的箫声,让人想起"春来江水绿如蓝"的江南。仿佛看见一位江南采莲的女子,穿一件白底蓝花的衣衫,尖尖的下巴,水一样的眼眸,美如水乡的一尊青花瓷。那女子荡着一叶小舟,划入藕花深处,惊起一滩鸥鹭。

红色我不大喜欢。但是,红色象征着俗世生活的喜气和美满。正如《红楼梦》中有一回,忽见宝琴披着凫靥裘站在山坡上,身边的宝玉则披着一件大红猩猩毡,怀里抱着几枝从栊翠庵采来的红梅。贾母笑着问:你们瞧,这山坡配上他的这个人品,又是这件衣裳,后头又是这梅花,像什么?众人笑道:这就像老太太房中挂着的那幅《艳雪图》。所以,人在年老的时候就喜欢大红大紫的颜色,不为别的,就觉得它透着寻常人世的喜庆、祥和、圆满。

藕荷色是很挑人的,肤色不好的女子穿不好就显得俗了,不高雅。只有玲珑身材、肤如凝脂、面如桃花的女子才配得上它,那是水莲花不胜凉风的娇羞。喜欢它是因为一件旗袍,藕荷色的花朵,水气泱泱,肆意点染几枝淡绿的树叶,滚着同色的边,镶嵌着小小的盘扣,锁住女子如莲的心事。如同日本画家东山魁夷的画,唯美典雅。穿上它,几分优雅,几分妖娆,几分婉约,几分忧伤和暗自欣喜。

适合在烟花三月的午后,宁静暖和,伴一杯清茶,坐在紫藤花树下悠闲地读书,树上的花瓣随着微风落在手中的书上。

男人说,妻子如衣服。我却说,女子对待最钟爱的衣服,就像对待初恋时的爱情一般,无限神往,心心念念。难怪张爱玲说,再没有心肝的女子说起去年的那件织锦缎夹袍的时候,也是一往情深的。

女人偶尔遇见一见钟情的衣服,就如同在桃花林里偶遇一个人,秋波流转,心旷神怡。那件心仪的衣服,真是众里寻他千百度,蓦然回首,那人却在灯火阑珊处。有时嫌太贵,就忍痛割爱放弃。可是走出很远,依然放不下。放不下喜爱,就放不下惦念。就觉得非它莫属,再遇见什么样的衣服总觉得没有第一眼看上的好。这就如同爱情,你说不出她的好,更说不出任何理由,世间万事总能找出缘由,唯独爱情不能。

一见钟情的衣服买回家舍不得穿,只在重要的日子会穿上一两次。不是怕揉皱了,就是怕剐伤了。穿美丽的衣服适宜做些雅致和有情趣的事,去水边品茗,月下听琴,花间对酌,雪中赏梅。可是还是时常将它收进衣柜,挂上一个装满花瓣的香囊,让它独自馥郁而芬芳。就如同古代被有些男人养在后花园中的女子,虽绮年玉貌,如花美眷,却经不起似水流年,因深爱而辜负了她,冷落了她。

普通家常的衣服却是经常穿的,女人穿着它骑车上班,提篮买菜,打油买醋,烹鱼烧肉。穿脏了,不用泡上洗衣剂细心揉搓,随手丢进洗衣机就洗得干干净净,清洁如新。家常的衣服如同结发的妻子,大方、朴素、简约、舒服,一件普通的衣服在岁月的河水中渐渐漂洗得发白,没有当初的花样红颜,却越发柔软,贴在身上暖心暖肺,可以抵挡尘世的寒意。

一见钟情的衣服是有关心灵的,一件旧衣是有关身体的。

女人在任何年龄对美丽衣裳的渴望,就如同对爱情的渴望,像草花对春天的渴望,而且永无止境。

点评

诗意地诉说,阐述女子和衣裳这个永恒的主题。文章美在空灵清澈,飘逸自由,笔随心转,都是真性情的流露,将作家对生活的体悟娓娓道来,有清丽隽永的美感。

旧日时光

徐悲鸿先生有一幅画——《琴课》,画中是他的第一位妻子蒋碧薇。她身着典雅的旗袍,婀娜的身姿,低着头,侧影对着你我。她低垂的眼睫,纤纤的手握着小提琴,极其专注的神情。此时,美就是一个侧影,一个优雅的转身。可以感受到,画家的笔墨落在画布上的一瞬间,是饱蘸了无限爱意去画她的。在画里,有情感的河水缓缓流动。只有深爱一个人,才能让她在画中如此静美优雅,那样的美,独具一种岁月的光华。

画作《箫声》中的女子还是她,微微轻启的双唇,秋水一般清亮的眼眸,白蝴蝶似的手指握着一支竹箫,箫声蜿蜒而来,似春风轻拂柳絮。画中的她,微微低着头,有说不出的娴雅和沉静。当幽幽的箫声响起的一刻,真是春水映梨花。

我相信,画中凝聚的那一瞬间,是她一生中最美的时光。

最美的旧时光,原是一杯陈年普洱,芳香醇厚,留着在生命的黄昏,独自一个人细细品尝。

多年后,他们因为感情变故而分手。那时的新闻说:"徐悲鸿花一百万元和一百幅画与妻子离婚。"听起来让人觉得徐悲鸿极其大度和有责任心。离婚时,徐悲鸿也将《琴课》送给了蒋碧薇。

有时,离婚,更能检验一个人的品质。暮年的蒋碧薇这样说:"从此,我以离婚时徐先生给我的画换钱为生,一直到现在,我没有向任何人借过钱,也不曾用过任何人一块钱。"她是一个理性的女子,离婚都来得那样决绝和果断。

那时,徐悲鸿爱上了一个叫孙多慈的女孩,孙多慈是徐悲鸿的学生,清丽优雅,才华横溢,深得他的赞赏和喜爱。孙多慈擅长画鹅,那些鹅一只只引颈高歌,灵动可爱,栩栩如生。徐悲鸿那双善于发现美的眼睛,发现了聪慧、有才情的孙多慈,他们倾心相恋十年,而后,这段情缘无疾而终。

如果说,青春时的爱情是一只美丽的蝴蝶,那么,中年时的爱情则是一只飞蛾,化作蝴蝶的太少太少。

离婚后的蒋碧薇,后半生与张道藩相伴到老。她在《回忆录》中,写徐悲鸿的文字极简极淡,山寒水瘦,写的都是对徐悲鸿的抱怨。怨徐悲鸿不忠,背叛,离弃。可见,她终究没有放下。放下爱,才能放下怨。

从前的爱情沉睡了,它没有消失,一直睡在最深的心底,似光阴凝成的一枚琥珀,安放在生命最柔软的角落,与心灵相连,生生世世,心心念念。

蒋碧薇的《回忆录》中,大部分篇章写她与张道藩的往昔。可是,竟用了徐悲鸿的《箫声》做了书的封面,令人不解。是否可以这样解释?那是她一生最美好的时光。那时的她,双脚不在泥土中,她宛如一只燕子,飞翔在云端。一个美丽的女子深陷爱情之中,不计后果,孤注一掷,十八岁的她背弃了父母和家庭,和徐悲鸿一起私奔去了日本。她勇敢执着,似一树盛开的桃花,绚烂而热烈。留下那幅画,留下春光旖旎时最美的模样,有什么不好呢?

一位导演说,所谓最好的时光,是不能再发生的时光,是只能用记忆来召唤回来的时光。读他的话,令人黯然神伤,那些再也回不去的旧时光,刻在心灵深处,用一生又怎能忘记?

落花一样的往事,飘散在旧光阴里。一回头,发现许多细节,疼痛的,伤感的,温暖的,还在那里。不论你走出多远,它永远都在。蓦然回首,我们才明白,旧时光的美,便是我们经历过,失去过,疼痛过,最好的报答。

就像张爱玲所说:"我想表达出爱情的万转千回,完全幻灭了之后也还有点什么东西在。"有它在心底,于生命的黄昏,有泪可落,握紧旧时光的星星余晖,用来温暖余生,总是好的。

点评

以徐悲鸿先生的画为引子,告诉读者:落花一样的往事和旧时光,安放在生命最柔软的角落,与心灵紧紧相连,温暖我们每个人的生命。

那些美好的事

（一）

清晨，凤凰古城落了细雨，烟雨笼罩，分不清是雨丝还是晨雾。脚下的青石板路被雨丝滋养得黝黑发亮。

小巷深处传来清远的箫声，似飞鸟掠过丛林。一户人家围墙上，伸出几枝嫣红的蔷薇来，墙角下湿漉漉的泥土中，落了一地花瓣。《红楼梦》中有诗：“一抔净土掩风流。”原来，花瓣要是落在水泥地上，就不好看了，花瓣只有落在泥土中才有凄艳绝伦的美。微雨，落花，箫声，撑一把伞，漫步于阡陌小巷，人仿佛走进了宋词里。

想象着吹箫人穿一袭长衫，儒雅，孤单，寂寞无人见。他手里握着一支竹箫，箫声蜿蜒而来，流淌着无尽的惆怅，仿佛一个人为爱所伤，郁郁难言，说不尽的思念和伤感，只有一支竹箫替他说了。

有人说，笛乐箫忧，如果，少年是一支玉笛，那么，中年便是小巷深处清远孤绝的箫了。

箫声清冷，清瘦，有风骨，仿佛一位穿着长衫、儒雅的男子，眼里有无言的忧伤。这样的人应该是沈从文。月下听箫，似乎要隔着静静的竹林，隔着茫茫的江水，隔着如黛的山色，隔着如水的月光，隔着遥远的云端来听。张潮说，凡声皆宜远听，我说，唯听箫远近皆宜。

（二）

清少纳言在《枕草子》中写道：“将非常长的菖蒲根，卷在书信里的人们，是很优雅的。”

云中锦书，水中鱼笺，纤纤尺素，枝上花笺。这些美好而娴静的词语，在古代，都是用来特指书信的。

偶然收到友人的书信，清丽、端然的颜体小楷，写在八行笺上。秀逸的汉字，古意横流。读着清雅的信笺，我仿佛一瞬间回到古代。有时，友人寄来的信中，会夹着几片银杏叶，如碧绿的小扇子。或是夹着几片嫣红的桃花，一两朵蜡梅，虽然枯萎了，还有暗香盈袖。在昏黄的灯下，打开清芬暗盈的信，伴着幽幽花香读信，想着她写信时的心情，真是美好的事情。

《会真记》中，莺莺给张生写信，美好的信笺中附着一枚玉环，暗示她玉石一般的情意，坚贞不渝。她在窗前的烛光下，伸出纤纤素手给他写信，娴静从容，一字一句，皆是相思。

有一日，翻开泛黄的信笺，看见友人写的几行小诗：“心里装着她，老去，老去又能怎样。”静夜里心里默诵着，思之令人落泪。写信的人远去了，隔着碧海，隔着云天，隔着茫茫天涯。“思君令人老，岁月忽已晚。”无论岁月过去多少年，那份情意永远还在，一生一世，终难忘。

（三）

院中的白玉兰开花了，一朵朵卧在枝头上，静静的，似是一只只小白鸽。森儿四岁，和小伙伴在树下玩耍，不一会儿，他向我直奔过来，手里捧着一朵欲放的花苞，白胖胖的小手，亮晶晶的眼睛，大喊着：“妈妈，我送给你一个‘花宝宝’！”他说得多好，未开的花苞不就是“花宝宝”嘛。我蹲下来接在手里，看不够两个“宝宝”。心里想，上苍多么厚待我，赐予我“花宝宝”一样的森儿。

他望着我诡异地笑着，冷不丁在我脸上亲了一口，口水汤汤，伴有幽幽的奶香。

作家林清玄写过：“我买白玉兰的时候，感觉上，只买一瓣心香。”我多欣喜，不用花一分钱，就会有孩子送来瓣瓣的心香。内心满是喜悦，如同这一树树花开。

森儿五岁,学背唐诗:“慈母手中线,游子身上衣……”稚嫩的,清亮的,琅琅读书声,如盈盈月光一样,铺满我心灵的角落。

我停下手中为他编织的蓝色小毛衣,静静望着他。午后,温暖的阳光照在他身上,他穿着牛仔背带裤、红上衣,晃着小脑袋,陶醉至极。

原来,世间最美的声音,除了春天的鸟声,夏天的蝉声,秋天的虫声,冬天的雪声,还有小童琅琅的读书声。如花落湖水,雨打荷叶,清泉叮咚,少有的洁净静美,犹如天籁。

(四)

我家住在四楼,从书房的窗户向楼下张望,就是小区的围墙。围墙外有一户农家,今年,院里半亩方塘种满了荷花。我读书、写作累了,就捧着一杯清茶,倚着玻璃窗看着楼下的荷塘。

初夏时节,荷塘里生出几片嫩绿的荷叶,像是孩子手中擎着嫩绿的小伞。不几天,荷叶全出水面了,满塘碧色,翠衣翩翩。我恍惚置身于江南水边,江南可采莲,莲叶何田田。

清晨醒来,第一件事就是去看荷塘。果然,有荷花开了,翠叶中升起几朵白荷,少有的素雅洁净,如同白衣翩翩的少女站在清清溪水边。想起诗人洛夫的诗:“众荷喧哗,而你是挨我最近,最静,最最温婉的一朵。”再低头细看,荷叶下还藏着两朵红莲,小小的花苞,似仰着粉红小脸的小妞妞,她晃着小脑袋,和白衣飘飘的姐姐捉迷藏,歪着头唤她,你来找我呀……

午后,落了大雨,只听雨打荷叶,雨越下越大,荷叶上的水珠滚来滚去,一会儿,不胜重负了,风吹过来,荷叶倾斜了身子,荷塘里一瞬间洒满了珍珠。雨声潺潺,如同住在溪边。想起李义山的诗,留得残荷听雨声,那也是极雅致的事。

这几天,荷塘里来了客人,是一对雪白的鸭子,白胖胖的,扁扁的黄嘴巴,挺着将军肚,摇摇摆摆,憨态可掬。在荷塘里嬉戏累了,就一起爬上岸,一甩脖儿,头上的水珠洒了一地,优美极了。有时,两只鸭子互相用嘴巴梳理颈上的羽毛,静静地相依相守。

再过三个月，便是红藕香残的深秋。那时，莲花谢了，悄然结籽的莲如同怀揣爱情的女子，缄默不语，暗自欣喜。花儿谢了，可是，她的心是满满的幸福和喜悦。

夏夜，荷塘里蛙鸣阵阵，我仿佛置身于稻香遍野的田间。稻花香里说丰年，听取蛙声一片。虫鸣如流水，一派天籁。静夜里，读一本好书，悲也放下，喜也放下。天上夕月一弯，淡若清梦。

点评

此文让读者想起清少纳言的《枕草子》，同样是清淡如落花的笔意，三三两两，描述了四幅不同的生活景象，灵性从容，雅洁美好，启发读者，生活中的美无处不在，美就在身边，也在心里。

青春小鸟一样不回来

我十八岁从电力专业学校毕业，在渭北平原上一家火电厂上班。火电厂高大的烟囱整日冒着浓浓的白烟，几座冷却塔威严地蹲在一望无际的平原上，它们是古老土地上的守护者。

寒冬里，平原上狂野的风呼啸着，深夜一个人去上班，昏黄的路灯将瘦小的身影拉得长长短短，那个孤独的女孩裹紧大衣走在寒风凛冽的路上。有时，天落了大雪，积雪如同厚厚的棉被铺满了街道。寂静的夜里，一个人走在雪上的脚步声清晰极了。小巷里，犬声鼎沸，因为心里害怕，不由得走得更快了。“柴门闻犬吠，风雪夜归人。”可是，我不是归人。路上，我默诵着顾城的诗：“黑夜给了我黑色的眼睛，我却用它来寻找光明。”那句诗好像是为我写的，因为，我就是光明的使者。

深夜里，在火电厂的中控室里监视一排排仪表，每个人轮流值班一小时。有月亮的晚上，我常站在值班室外的天桥上看月亮，午夜的月亮如银盘一般，大得惊人。喜欢读海子的诗：“天空一无所有，为何给我安慰。”那时，内心无比地茫然和苦闷，明月如镜，仰头看着它在白莲花般的云朵里穿行，我问月亮，我的未来在哪里？

午夜的值班室里，灯火通明，我抱着一本《大学语文》课本，认真地读书，记下细密工整的笔记。人到中年的班长看我整天看书，就笑着问我，你以后是不是想当作家？

工作中，我整日和硕大的电气设备相依相伴。业余生活单调而枯燥，其他的同龄人大多在打牌，闲聊，逛街，谈恋爱。可是，我不愿意这样，陪伴我的除了一把红棉牌的木吉他，就是单位图书馆里的书。我时常去图书馆借书，图书管理员都认识我，从《梵高传》《简·爱》《悲惨世界》到《围城》《茶馆》《傅雷家书》——我几乎抱着这些书取暖，来温暖我孤单迷茫、远离亲人的十八岁。我用阅读和书写对抗内心的不安和孤独。读《梵高传》，其中有他写给弟弟提奥的信，他说，他又没有钱了，已经好几天没有食物，他呕心沥血创作的画一张也卖不出去——我的内心无比心酸。梵高穷困潦倒，食不果腹。多年以后，我的书柜里保存着几本不同版本的《梵高传》，然而，我不忍细读，仿佛那种伤感和疼痛依然还在，永远留在我十八岁的心底。

可是，那些文字仿佛春风一样把一颗寒冬里的心唤醒了。那一点点绿色，瞬间将荒寒的心灵染绿，江河万里，绿水长天。于是，一颗焦躁、孤独的心慢慢变得沉静和安然了。

月上柳梢的时候，我在宿舍四楼的露台上抱着吉他唱歌，月光如水，吉他声清澈、忧伤而空灵，有着不能言说的惆怅。那时最喜欢齐豫的《橄榄树》，她玻璃般透明的声音，忧郁浪漫，有着万种风情："不要问我从哪里来，我的故乡在远方——"那是我想家的时候，我想念在汉江之畔温暖的家，想念家人。音符如同雨滴一般，落在长长的眼睫上。唱着唱着，眼泪就落了下来，落在吉他的弦上。

有一个高大的男孩，穿着白衬衣和牛仔裤，常常站在露台另一角抽烟，烟火如星光， 明一灭，我们从不说一句话。他几乎每天黄昏都来，我有时不唱歌，只弹奏《爱的罗曼史》《罗密欧与朱丽叶》《瑶族舞曲》。他来了许久，终于开口说话，洁白的牙齿，眉目如画，眼神深如潭水，有着蓝月亮一般的忧郁。

他远远地听着，有时指间捻着一支烟，抽几口，凝望着我，什么也不说。他是我那个孤单春天里沉默的朋友，只用静静的守候陪伴着我。有时，他对我说，唱一首《恋曲1990》吧。"乌溜溜的黑眼珠和你的笑脸，怎么也难忘记你容颜的转变——"那些落日的黄昏，倦鸟低飞，高大的冷却塔冒着白烟。夕阳西下，我倚着楼顶的铁栏杆唱歌，还有他低沉而磁性的和声。

那天，听说他调回遥远的故乡了。黄昏时，在露台上和我告别。他说："常听你唱歌，我也为你唱一首吧。"他接过我手中的吉他，歌声苍凉如流水，是李叔同的《送别》："长亭外，古道边，芳草碧连天。晚风拂柳笛声残，夕阳山外山。一壶浊酒尽余欢，今宵别梦寒——"多年之后，江南采莲的季节，我在杭州的虎跑寺看见弘一法师作曲的《送别》的手稿，一时间，悲欣交集。仿佛还听见白衣男孩的歌声：天之涯，地之角，知交半零落——

因为，世间最美好的东西总是让人愉悦而伤感，比如爱情、青春、文学、音乐。

那把红棉牌的木吉他，如今立在书房的墙角，落满了岁月的尘埃。那一日，是我的森儿八岁的生日，请来了一群小伙伴，他们抢着要玩吉他。他们问森儿，这是谁的吉他，森儿大声回答，我妈妈的！孩子们吃惊地望着正切生日蛋糕的我，问我："阿姨，你还会弹吉他？"

多年来，我一直迷恋着一种乐器，它直达内心，魂牵梦绕，心心念念，就是我的那把木吉他。它几乎代表了我的青春时光，我的白球鞋，牛仔裤，如瀑的长发，飘逸的长裙，月光下的琴声，白衣男孩湖水般的眼神，我永远不再回来的青春。

有时候和朋友去歌厅唱歌，一开口，还是唱年少时最喜爱的歌。我依然迷恋着他们的声音：罗大佑、齐秦、王菲、林忆莲——我一直认为，他们是用灵魂唱歌的歌者，听他们的歌，如同在用耳朵喝酒，沉醉不知归路。我也固执地认为那些年的歌曲最动人心弦，一往情深，因为，它们曾经温暖了我孤独迷茫的青春。

前些天，整理旧物，偶然看见六本笔记本，都是那些年在火电厂记下的读书笔记。发黄的扉页，清秀的字迹，一笔一画，皆是心血。那些蓝墨水的字迹，被光阴晕染成一朵朵紫罗兰。它们那么美，美得令人心痛。

那些我青春年华里读过的书，如今正一点点地显现出来，它们滋养了我如今的写作，润物无声，如同春雨。那是阅读的馈赠，我因为它们，一天天成为现在的自己。

能与时光抗衡的，除了文字、音乐、梦想和爱，还能有什么？

其实，至今我也不清楚，十八岁的我是否怀抱着一个作家梦？多年以后，我才明白，一个人只有在孤独彷徨的时候，才会走向文学。因为，只有它能抚慰你内心的伤痛。一个人精神的痛苦，其实没有任何人可以分担，只有文学可以担当。

冥冥之中，我始终怀抱着它，一个人孜孜独行，虽步履艰难，但是从未停止前行。

岁月仿佛是一个蚌，青春只是埋藏在蚌里的一粒沙，光阴的河流中，那粒沙渐渐凝结成了温润的珍珠，光洁如玉，熠熠生辉。

青春为什么那么美好，因为它只是用来怀念的。它如清晨的朝霞、荷叶上的露珠，稍纵即逝，永不重回，连同那场若有若无的初恋。

可是，它永远都在。无论你走出多远，一回头，它还在那里，永远藏在心底最柔软温暖的角落，一生一世，与心灵紧紧相连。

不必深究，最美好的东西就让它停在原处。

点评

文章通过记叙几件青春往事，回忆青葱岁月，那些真实的生活细节，纯洁朦胧的情感，弥漫着淡然的忧伤，让读者仿佛回到自己的青春岁月。

春　暖　图

一

父亲养了一对芙蓉鸟，淡黄色的羽毛，白白的肚子，它们常常相亲相爱地依偎在一起，用尖尖的嘴梳理彼此颈上的羽毛。

春暖花开的时候，它们生了三个鸟蛋。鸟蛋很小，像孩子的大拇指般大小，雪白雪白的。楼下的玉兰花开的时候，它们开始轮流孵蛋，有时候鸟妈妈孵蛋，鸟爸爸放哨。前些天，鸟蛋孵出了三只嫩黄的小鸟，小鸟身上没有几根毛，脖子显得出奇地长，丑陋的样子，像是刚出生的婴儿，有着一张皱巴巴的小脸。不几天，鸟妈妈就叼着蛋黄给孩子们喂食了，它们一只只仰着头，张大了小嘴巴。

我忽然有些感动，舐犊之心，永远不会泯灭。母性的爱，天地之间，无论其他动物还是人类，同样无私神圣，倾其所有，不求回报。

八岁的森儿每天放学回来，就急忙直奔到鸟笼子前，蹑手蹑脚去看小鸟们，好像去会他的好朋友。他一会儿跑来对我说，妈妈，小鸟能抬起头了，小鸟长毛了。他说话的神情，真像我幼年时的妹妹。

二

我快乐的童年是在白鹿原上一个小村子里度过的。

每年燕子飞回来的时候，奶奶就会对着昏黄的灯光，眯起一双眼睛，仔仔细细地挑选鸡蛋。选好的鸡蛋不许我吃，而是给家里的芦花鸡和大黑鸡孵蛋。两只母鸡很勤奋，天天兢兢业业地卧在窝里，每当我蹑手蹑脚去看它们的时候，它们就一瞬间伸长了脖子，脖子上的羽毛一根根竖起来，小眼睛狠狠地瞪着我，一点儿也不友好，生怕我偷走它们的孩子。

二十几天后，小鸡破壳而出了，一只只毛茸茸的，如同鹅黄的绒球滚了一地，真是可爱。它们太小,颤巍巍地立起小脚,刚走几步就不小心摔倒了。我看着看着,就忍不住捉上一只放在手掌心玩。要是被奶奶看见了,奶奶央求我,快放下,快放下,手上有汗气,小鸡是长不大的!

妹妹四岁,星期天和妈妈从学校回到家,看见一堆小鸡就不走了,黑亮亮的大眼睛一眨不眨地,贪婪地望着竹匾里的小鸡,神情就像邻居家的那只大花猫。

奶奶喊我去烧水。不一会儿,妹妹走到我跟前来,噘着小嘴悄悄贴着我的耳朵说:"姐,有一只小鸡睡着了。"我忙跑去一看,它躺在竹匾里,睡着了,永远地睡着了。奶奶看见了,骂妹妹:你倒会说,鸡睡着了,还不是被你不小心捏死了。

我和妹妹把小鸡包在一块小花布里,然后,在绒线花树下挖了小坑,埋了。妹妹一边挖土,还一边问我:"姐,小鸡到底是睡着了,还是死了呢?"

我才懒得搭理她,反正和她也说不清楚。

天刚下过雨,田野里弥漫着青草的香味,风吹在脸上像是无数片鹅毛扫着,舒服极了。田野里开满了不知名的小花,姹紫嫣红,一大片一大片的,就像是谁昨晚讲了一个笑话,把满山坡的花儿都惹笑了。

我和奶奶挎着篮子去田里除草,淡紫色的豌豆花是一只只张开翅膀的小蝴蝶,大片金黄金黄的油菜花像大海一样,蜜蜂在油菜花丛中唱着歌,可就是一个腔调,嗡嗡嗡,嗡嗡嗡。我一低头,就看见草丛中有一颗小扣子,翠绿翠绿的,我的眼睛一下睁得大大的,心里真高兴,因为它配我黄色的小褂最好看了。我捡起来放在花格子衣服的口袋里。一路小跑去追奶奶:"奶奶,我捡到一颗扣子!"奶奶忙着除草,头也不抬。"在哪呢?"她问。我伸手去口袋里掏,没想到掏出来的是一只绿色的软软的青虫。我大叫着扔掉它,吓得心里"咚咚"直跳。奶奶也不吵我,就看着我笑,脸上盛开了一朵菊花。

三

我喜欢丰子恺先生的画,童趣盎然,深情款款,保留了他生命中高贵纯净的生命气息。

有一幅画,杨柳依依处,一位母亲带着姐弟俩人,背上还背着小婴孩,走在春日的田野上。一转眼,对面草坡上又来了一位拖家带口的妈妈。不过,是一只母鸡妈妈带着一群小鸡觅食呢。最小的小鸡也许跟妈妈走了很远的路，吃饱了，也走不动了，就趴在妈妈背上睡觉。一群兄弟姐妹也不嫉妒它，跟着妈妈迈着碎步，赏着春光，有什么怨言呢？妈妈背上的小婴孩睡着了，咧着小嘴，口水流在妈妈的背上，飘逸着淡淡的奶香，他一定做了一个花香袅袅的美梦吧！

还有一幅画，题为《爸爸不在家的时候》。一个胖乎乎的小男孩，三四岁的模样，大脑袋上留着一撮毛，可爱极了。他站在椅子上，左手拿起毛笔，右手按着稿纸，用力在书桌上乱涂一番。好过瘾啊！他心里一定这样想：我要学爸爸作画的样子，幸好今天爸爸不在家。酣然淳朴，妙趣横生。丰子恺先生写给孩子们的文章中说："我的孩子们！憧憬于你们的生活的我，痴心要为你们永远挽留这黄金时代在这册子里。然这真不过像'蜘蛛网落花'，略微保留一点春的痕迹而已。"

丰子恺先生的画，童心看世界的一双慧眼，童心绘人生的一支画笔，留给人间的是一幅幅春暖图。

点评

全文仿佛是一幅水墨丹青。文章从多个方面、多个角度写了"温暖"，孩子喜欢的小鸟，童年时喂养的小鸡，丰子恺的画里情思，于其中可以品出不同的意蕴和美好。

不一样的爱情

金岳霖教授暮年的时候,有人送给他一幅林徽因的照片,是她年轻时候的模样,冰清玉洁,清丽脱俗。他捧在手中,端详着,凝视着,喜悦着,嘴里连声说好。一天,有人采访他,想让他讲讲与林徽因的往昔,这时,林徽因已经去世几十年。他沉默了很久,脸上一时间风云变幻,而后,终于开口说话:“我所有的话,都只能同她自己说,我不能说。我没有机会同她自己说的话,我不愿意说,也不愿意有这样的话。”

沉默,如金子般高贵的沉默,自始至终的缄默不语,那是对爱情最大的尊重。

她是他心头的一块琥珀,是他天空中的一轮明月,是他远在云端的恋人,是他永远的人间四月天。他心里装着她,老去,老去又能怎样……

“从别后,忆相逢。几回魂梦与君同。”他是一个赤子,只有赤子相信爱情,只有赤子为爱情坚守秘密,缄默不语。

有多少爱埋藏在心里,不想让任何人知道,只要她知道。想着她,心头的那朵花开了。那些话,只能说给她一个人听。她是他一生的知己和挚友。她不在了,便将爱情深埋在心里,一个人独自细细品味。那样的爱情,犹如江南人家深藏的一坛女儿红,埋藏得愈久,愈醇厚芬芳。只有他独自享受爱情的喜悦,疼痛,欢颜,芬芳,滋养长长的一生,知足了。

“琵琶弦上说相思。当时明月在,曾照彩云归。”

《红楼梦》中有一回,风雨潇潇的夜里,宝玉托晴雯给黛玉送去两条旧手帕。黛玉捧在手上,心里暗想,宝玉这番苦心,能领会我这番苦意,令我可喜;我的这番苦意,不知道将来如何,又令我可悲。在古代,手帕也是年轻男女定情之物。手帕都是蚕丝织成的,丝丝缕缕,皆是相思。所以,晴雯问宝玉送两条旧手帕是何意时,宝玉只说,你放心,她自然知道。

深情唯有君知。是啊,只有她明白他的心,只有她懂得他的心。黛玉在手帕上写下《题帕三绝句》:“眼空蓄泪泪空垂,暗洒闲抛却为谁?”字字都是怜惜的泪,滴不尽的相思泪,深埋思念之苦。这泪,不是为她自己的孤苦身世流的,而是为宝玉挨打受苦而流的。爱一个人,原来只是心疼他,怜惜他,不忍他受苦。这也为她一生的命运,就此埋下伏笔。

最美的爱情,是埋藏在心底的两条暗河,隐秘的汇合处,水波荡漾,春光旖旎。美好的爱情,犹如一本好书,你还未开口,他就已经全然懂得。怦然心动处,黯然欣喜。

最美的爱情是白马入芦花,分不清彼此。

诗人卞之琳年轻时候,曾追求过才女张充和。张充和是张兆和的小妹,超凡脱俗,气质如兰,诗词、书法、绘画、昆曲,她无所不精。她的书法品格极高,尤精小楷。诗人爱慕她,写过这样的信笺给她:一颦一记,都永不会忘记。值得咀嚼千百遍的温馨记忆永远留在心底。

张充和对诗人的情感没有回应,因为她已心有所属,后来嫁给了汉学家傅汉思,移居海外,去了耶鲁大学教授书法。那个春天的午后,我在陕西汉阴县的“三沈纪念馆”中看见她的书法。原来,张充和在北大读书时,师从沈尹默先生学习书法。九十三岁的她为纪念馆写下“三沈故乡”的隶书,隽永遒健,风骨犹存。不知道,她看见诗人写给她的这封信时是什么感受?我想,爱情要的是两颗心灵的相互呼应,那些内心被幸福充盈的时刻,将彼此灰暗的人生一瞬间擦亮。佛家讲,求不得苦。那是沉溺其中,无力自拔,不想自拔。而一个人的相思,只是独角戏,是一个人的爱恋,一个人的苦涩,一个人的惆怅,一个人的忧伤。“谁知相思老,玄鬓白发生。”但是,又是那么寂寞和美好。那也是一个人的华宴,他爱她,只远远看着,如镜花秋月,如隔岸观烟花,她的美与灿烂永远映照在心里,一辈子念念不忘。

关于和王映霞的爱情,作家郁达夫曾写过:“曾因酒醉鞭名马,生怕情多累美人。”其实他并未连累美人,倒是美人辜负了她。两人分手之后,郁达夫将俩人的情事写成《毁家诗纪》在报刊上发表,弄得沸沸扬扬,世人皆知。才子自古都是性情中人,爱恨情仇如此鲜明,自己私密的情感暴露在天光之下,没有了一点儿遮蔽。唐代李季兰有诗:“至高至明日月,至亲至疏夫妻。”夫妻之间一旦反目成仇，那种怨恨，便是深入骨髓。曾经温暖的情爱化作了一把寒气凛然的利剑，把彼此的心刺伤得千疮百孔。

画家吴大羽的随笔中写道："美丑之间，时乖千里，时决一绳。"我说，不仅作画如此，爱情也如此。

漫画家韩小士老师有一幅漫画，画中武大郎挑着一副担子，手里拿着喇叭，再看担子里没有了烧饼，里面装的全是书。喇叭贴在嘴上，大声叫卖他的书——《和潘金莲在一起的日子》，令人忍俊不禁。

我极喜欢作家梅·萨藤的一句话：有时候，我渴望我的余生这样度过——为我所爱的人写东西，决不出版。隐忍寂静的爱，如此高贵。

一样是人心，有的心，装得下碧海蓝天；有的心，只装得下个人的爱恨悲欢。

一样是爱情，有的人，能将它化为一坛香醇的女儿红；有的人，却用它将人生切割得鲜血淋漓。

点评

本文于几位大家的爱情故事里，对人的内心世界进行了探求和思考："一样是人心，有的心，装得下碧海蓝天；有的心，只装得下个人的爱恨悲欢。"发人深省。

简 静

清晨微微落雨,翻阅吴冠中先生的画,画上是江南的小桥流水,“一江烟水照晴岚,两岸人家接画檐”。

用笔极简极淡,画上大面积的白色,是粉墙,黑色的线条勾勒飞檐、门窗、乳燕、春柳、湖水中柳树的倒影。只用黑白两色,表现出东方文化的意境之美,宛如一首小令,干净、简静至极。

暮春时节,院中的栀子花开了,素洁的花朵静静立在枝头上,入夜,枝丫上像是落满了皎洁的月光,说不出的简静。晚风清凉,风中飘来一阵阵花香,无限花香染暑衣,连衣角也飘逸一缕花香。《幽梦影》中言:“凡花色之娇媚者,多不甚香。”是在说栀子花吗?或者在说一位穿白衣的女子,她的美,在于内心的空灵洁净,那是一种难得的清雅。

江南采莲的季节,去看苏州博物馆,这是大师贝聿铭的杰作,我被它弥漫着的东方的人文气息深深吸引。建筑以灰白两色为主色调,没有红墙碧瓦、金碧辉煌。简洁的线条,三角形的屋顶,几何图案组成的窗棂,白色的墙和灰色的屋檐,不失苏州园林的气韵和灵动。灰白两色完美和谐地结合在一起,让你不由得赞叹,建筑简约到极致的美,竟是最动人的。

在博物馆看宋代的瓷器。人站在一尊宋瓷面前,也会一瞬间安静下来。因为,宋瓷的静美竟有一种奇特的气场。

天青色的一尊瓷瓶,宛如身着青衫的女子,素雅端庄,娴静少言,温润如玉。瓷器到了宋代就和唐代截然不同了。唐代的唐三彩,五彩斑斓,华美大气,光彩夺目。宋代的瓷器则舍弃了一切外在的艳丽和装饰,它删繁就简,平淡天真,渐渐向内而求,不再姹紫嫣红,五彩缤纷。它像一位中年的女子,舍弃那些外在的光环,将人生渐渐向内收拢了,内心逐渐洁净和安宁起来。回归朴素,含蓄、淡雅的色彩,简静的宋瓷,诠释了古老文化质朴无华的美。

宋徽宗是历史上一位不称职的帝王，不爱江山，只爱琴棋书画诗酒花。可是，他却是一位杰出的艺术家，他创立了独具特色的书法——瘦金体。

瘦，是风骨，是一枝空谷中的幽兰，是一根清寒的竹子。

金，是锋芒，多么耀眼的一种光芒，那是掩藏不住的才气和冷傲。

他的书法，是悬崖峭壁上的一枝孤独盛开的梅，临深渊而有清香袭人，美得动人心魄。中国的书法美学讲究藏锋，不外露，刚柔相济，绵里藏针，浑厚拙朴，暗合了东方文化内敛、含蓄、优雅的审美观。可是，他的书法笔锋尽显，锋芒毕露，峭拔凌厉，如一把闪着寒光的利剑，这是书法美学之大忌。可是，也是他的书法，打破常规，率性随意，本真自我，彰显了书法另一种凛冽、冷艳、寒气逼人的美。

好书法都是直见性命。欣赏他的书法，仿佛能看见他的心灵。

他的书法，瘦到只是枯水寒山，却风骨铮铮。没有一丝圆滑、退让和妥协。瘦金体是一位君王留给中国书法的绝笔。他的字多像他自己，坚硬、率真、自我，不盲从，不迎合，我行我素，独树一帜。

他在诗里写道："舞蝶迷香径，翩翩逐晚风。"都是他心灵的写照。他是一只在斜阳里迷路的蝴蝶，徘徊在清凉的晚风里。"夕阳无限好，只是近黄昏。"那是一个朝代日落西山的时刻，也是他玉石俱焚的时刻。简静的书法留在光阴里，仿佛还能听见玉碎的声音。

唐诗里的简静之美，大都和雪有关，你看，"孤舟蓑笠翁，独钓寒江雪""日暮苍山远，天寒白屋贫""窗含西岭千秋雪，门泊东吴万里船"，意境优美，诗意和画境交相辉映，这些诗可以拿来入画。

一夜北风呼啸，楼下的银杏树卸下一身金黄的叶子，只留下枯瘦的枝丫伸向明澈的天空，大自然庄严肃穆的季节来了。深夜里，落了大雪。天地一派洁净晶莹，所有的树枝上落满了积雪，墙角一树红梅映着皑皑白雪，如同齐白石的画《几树寒梅带雪红》，说不出的简洁和静美。

简静，原来是雪落梅花，当空皓月，纸上云霞，陌上花开。

杨绛先生说："人生最曼妙的风景，竟是内心的淡定与从容。"此刻，才懂得简静是一种奇异的力量，也是历经人生的如梦繁华之后，内心的豁达和优雅，清澈和安静,那是生命中难得的一种境界。

点评

本文文风闲逸散淡,作家笔下描写的画作、建筑、宋瓷、书法,无不阐明“简静”的意义,蕴含深刻的生命感悟。简静,是历经人生的如梦繁华之后,内心的豁达和优雅,清澈和安静。

流年书简

（一）细雪

这个冬天，天空一直飘着细雪。我的寒江一片晶莹，地上常落着一层淡淡的薄雪。江畔的梅花开了，红梅映雪，暗香浮动。

落雪之夜，读诗人的诗句：如果明天雪漫江城，那就是我写给你的情书。

云中锦书，水中鱼笺，这些典雅的字眼，这些优美而娴静的词语，都是用来特指书信的。自古文人写给爱人的书信，有多少种？那些美丽如天鹅羽毛般的文字，那些纯洁如白雪般的诗句，飘荡在时空与梦想之间，飘荡在天空和大地之间，飘荡在理想和现实之间。

我一直认为，从没有写过情意绵绵的书信的一对恋人，他们的爱情是苍白而可怜的。从来没有收到过唇齿留香的情书的女子，她的爱情就像是屋顶上的袅袅炊烟，有的，只是现实生活的烟火气和踏实的温暖。

但是，世间有哪个女子，不想要徐志摩写给小曼的《爱眉小札》中的情话："龙，我的至爱，将来你永诀尘俗的俄顷，不能没有我在你的最近的边旁；你最后的呼吸一定得明白报告这世间你的心是谁的，你的爱是谁的，你的灵魂是谁的。"志摩和小曼的爱情是才子佳人的爱情，有怜爱，有呵护之爱，兄妹之爱，忘我之爱，献身之爱，狂热之爱，君子之爱。诗人徐志摩的一生，是以爱情为事业的一生。他说："我将于茫茫人海中访我唯一灵魂之伴侣，得之，我幸；不得，我命。"可是，徐志摩去世的那一年，小曼仅二十九岁。烟花一样绚丽的女子，在他远去的一刻也随之燃尽了韶华。小曼从此没有再嫁。她每天必在志摩的灵前敬献一束鲜花，整整三十余年。

"从别后，忆相逢，几回魂梦与君同。"

后来陆小曼倾尽一生积蓄，出版了《徐志摩全集》。她一人，忍住所有的孤寂和哀愁，为他做了这件事情，她唯有以此寄托深深的相思。

这样懂得爱情真谛的男人，如曹雪芹、纳兰性德、晏幾道、徐志摩；这样情深义重的女子，如陆小曼、石评梅、宋清如、许广平。

在鲁迅和许广平的《两地书》中，鲁迅亲密地称许广平“小刺猬”，许广平则称先生“小白象”。我喜欢先生写给许广平的信：“这两星期以来，我一点也不颓唐，但此刻想到你之采办布帛之类，先事经营，却实在觉得一点凄苦。这种性质，真是怎么好呢？我应该快到上海，去约制她。”

无情未必真豪杰。在先生犀利似剑一样的外表下，也掩藏着柔情如水的一颗心。先生有她相伴，再苦寒的冬天也有着梅花的欢颜。

爱着，就是踏雪赏梅，围炉夜话。爱着，就是江畔听涛，品茗吟诗。爱着，就是执手相看两不厌。爱着，就是一对心灵默默地相知相许。爱着，就是身边飘着雪花般的云中锦书，细细读来，字字缠绵，唇齿留香。

那些才情和深情凝结的诗句，那些泪水和欢笑凝结的词句，让他们在盈盈暗香中沉醉。

（二）流年

乐府诗歌是东汉、西汉时期在民间流传的。

它最有魅力的，就是对于爱情炙热、率真的表达。其中《上邪》中情人对于爱情的誓言，“我欲与君相知，长命无绝衰。山无陵，江水为竭，冬雷震震，夏雨雪，天地合，乃敢与君绝”，是如此勇敢坚决。爱，就要爱到山无陵，天地合。这样的表白是没有理性的，但是真正的爱情从来都是狂热而勇敢的，是没有算计和理智的，不是吗？

晏幾道的小山词有写给爱人的词句：“多应不信人肠断。几夜夜寒谁共暖。欲将恩爱结来生，只恐来生缘又短。”苦苦相爱的人们，是何等贪心和痴情？今生不能长相守，唯有长相思。今生不能长相聚，只待来生再续前缘。这样痴心痴情相爱过的人，是无悔的，更是不枉此生的。

爱情的魔力，可以穿越地域，穿越年龄，穿越时空，甚至穿越生死。

法国作家杜拉斯写道：“我已经老了，有一天，在一处公共场所的大厅里，有一个男人向我走来。他主动介绍自己，他对我说：‘我认识你，永远记得你。那时候，你还很年轻，人人都说你美。现在，我是特为来告诉你，对于我来说，我觉得现在的你比年轻时候更美，那时你是年轻的女人，与你那时的面貌相比，我更爱你现在备受摧残的面容。’”

这是杜拉斯在她七十岁时创作的小说《情人》开篇的一段话。这段话，是由她口述，在雅恩·安德烈亚的打字机下如泉水一样涌现的。这段话，又仿佛是二十八岁的雅恩·安德烈亚说给年迈的杜拉斯的。

爱她，爱她哀戚的脸上岁月的留痕。爱她，爱她苍老的脸上痛苦的皱纹。

二十二岁的雅恩·安德烈亚是一名大学生，他作为杜拉斯的忠实读者，不停地给她写信，那一大箱的书信像是来自沙漠的呼喊。直到五年后的一天，暮年的杜拉斯终于给他回信了，这仿佛是回应了前世的召唤。

蒙塔莱的诗歌写道：“你穿越万里长空，我为你拭去额上的冰霜。”

于是，雅恩·安德烈亚来了，取代了书信，他来到孤独苍老的杜拉斯身边。陪伴她十六年，直到她生命的尽头。

爱情，不是一个简单的事件，更不是一个盟约。爱情是扑向幸福方向的勇气和执着，爱情是人类精神世界最温暖的回望。他说，你在哪里，哪里就是我的家园和故乡。

落花翩翩，那是风儿写给春天的情书。群星坠落，那是天际写给湖水的情书。细雪飘飘，那是天空写给大地的情书。

对于每个人来说，总有一个人，永远是你一生的至爱。

点评

本文以散文诗一样的语言，穿越古今，将几位大家的爱情，写得情深意切，唇齿留香，给人以怡然的阅读享受。作家用一颗诗心拥抱生活，感悟生命，解读经典。

悲欢之歌

一

读汪曾祺先生的文章,其中写到一个人——金岳霖教授。

这位清华大学的逻辑学教授和哲学家,他孑然一身,养着一只健硕漂亮的斗鸡,长年与他做伴,和他同桌吃饭。有一年,金岳霖教授在北京饭店请客,大家来了都纳闷,问他为什么请客,他这才宣布说,今天是林徽因的生日。

其实,那一年,建筑学家林徽因已经去世多年。

我的眼里一瞬间泛起层层的涟漪。

金教授对林徽因的才情谈吐极为欣赏,林徽因学的是建筑,但是她的诗歌空灵洁净,风格清新,独一无二。她的散文《窗子以外》入选当时西南联大的课本中。他是她一生的挚友和知己,在她一生的每一件重大事件中,都会有他的名字和他伟岸的身影。

1955 年,林徽因病逝,他敬献的挽联:"一身诗意千寻瀑,万古人间四月天。"

世间有这样至情至性的人,让人敬重。世间有这样重情重义的人,让人心暖。世间有这样一往情深的人,让岁月感动。

二

许广平在回忆鲁迅先生的文字中写道,鲁迅先生晚年常常深夜起来,独自一个人和衣躺在阳台冰冷的地板上,望着沉沉的黑夜缄默不语。我想,先生那时的痛苦一定沉重如铁青色的暗夜。

海婴还小,半夜起来,看见了父亲,也依偎在他的身旁躺下。许广平醒来找不到他们父子俩,而后,却在阳台的地板上找到他们。她心中的怜惜和疼痛不能言说。

真正的痛苦是无法诉说的，就如同真正的爱，也是永远无法诉说的。

在许广平娓娓道来的诉说中，我体会到一位妻子隐忍的、柔弱的、饱含疼痛的爱。那样的爱，可以包容黑暗、病痛、冷酷和人间一切的寒意。

鲁迅先生有这样知冷知热的女子相伴，也不枉苦痛的一生。爱，其实不仅仅是共享幸福。真正的爱，是共担苦难。

三

寂静的夜晚，读叶芝的诗《当你老了》。楼下有人拉小提琴，是一曲忧伤的《梁祝》，夜凉如水，琴声如诉。

伴着悠扬的琴声，读这位爱尔兰诗人写给女演员茅德·冈的诗，写尽爱情的真挚、永恒、可贵和忧伤。二十多年的时空阻隔，却割舍不断深深的思念和牵挂，各在天一涯，却心心相系。

老去的只是光阴，不老的是一对相爱的心灵，不老的永远是美好的诗歌和爱情。

点评

阅读本文，仿佛在冬夜里品尝一杯香茗，清香盈盈，淡然芬芳。作家告诉读者：老去的只是光阴，不老的是一对相爱的心灵，不老的永远是美好的诗歌和爱情。

圆 与 缺

东方文化里的“圆”极有韵味。

在古老的徽州，每家老宅的堂屋里，倚着墙壁摆放着两个半圆的花梨木桌，上面雕刻着花开富贵，喜鹊登梅。两个半圆的木桌，仿佛旧时徽州夫妻的命运。因为，明清时期的徽州男人，常年在外经商，只有等外出的男人回来了，才能将两个半圆桌合二为一，一家人在厅堂里吃团圆饭，阖家团圆。

我们家家户户的桌子、茶几、小凳多是圆形的，而西方的桌椅大多是方形的。在苏州园林里，我们常常看见一扇扇圆形的花窗，一道道月亮形的石拱门。等红莲亭亭出水了，从月亮形的门里望去，一池翠叶蹁跹，朵朵的荷花就开在月亮里。

如果说，人生的圆满是花好月圆，人生的残缺就是一个人的孤独。

苏州的拙政园里，有一处小轩，它有一个诗意的名字：与谁同坐轩。它临水而居，伴着一池清荷。轩里有一扇小窗，形状如文人手中的一把折扇，窗下石桌一张，石凳几个。一个人独坐小轩，面对一弯碧波，听风、赏荷、读书，想起金农的一句诗：此间忽有斯人可想。有时候一个人独自冥想，那是一个人静美的时光。

那日在与谁同坐轩小坐，也是日暮黄昏，太阳的火气正悄悄散去，有红蜻蜓停在白莲上，蛙声一片，抬头望见天上新月，如美人的眉眼弯弯。

恍惚听见苏东坡低声吟道：“与谁同坐，明月清风我。”有些美好是要一个人独自享受的，比如孤独。

年纪渐长，渐渐懂得欣赏残缺的美。阆中古城有一家卖茶的小店。一只素白的茶杯上开着一朵朵残荷，墨色的，静气凛然，有铮铮铁骨。满塘的荷花都谢了，只剩下残荷、枯枝、结子的莲蓬。李义山说，留得残荷听雨声，那是寒冬里的素静和安宁。小店里，深褐色的牌匾上写着遒劲洒脱的行书，只有三个字：真滋味。多好！也许，一个人只有懂得欣赏残荷的美，才懂得人生真正的滋味。

春天里，一次次去水边看樱花，花谢花飞花满天，这是大和民族最迷恋的盛景。在画家东山魁夷的画里，他一次次画到樱花，如大雪纷飞中的樱花，溪水畔落了一地的樱花，我恍然明白，日本文化里“物之哀”有说不尽的禅意。樱花凋谢，冬日里树木的枯枝，满地黄色的落叶，漫过青石的清流，每一种生命的枯萎和流逝，都有生命广大到相忘的庄严之美。

世间一切生命，有盛开就有凋零，那是一种绚丽的生死美学。

春夜里，落了细雨，随手翻阅枕畔的唐诗宋词，“此情可待成追忆，只是当时已惘然”，那是一份淡淡的失落和苦涩，“与君初相识，犹如故人归”，那是初相遇时的心动和陶醉。可是，人生的幸福与苦难总是结伴而行。无论生命的惆怅和无奈，还是忧伤与欢喜，都是人生的滋味，值得我们慢慢品尝。

在香茗大剧院看台上徽州女子凄婉地唱道：“风荷细雨愁更愁，花开花谢共白头——”红顶商人去江南经商，一走就是几十年。十年一觉扬州梦，他们在江南发达了，夜夜笙歌，妻妾成群。徽州女子的一生，就像宏村月沼里的一轮月亮。他回不回来，她就在这里，或缺或圆。他回不回来，她就在这里，不离不弃，孤独终老。

徽州宏村有一面月沼，月沼是半圆形的，仿佛一弯宁静的秋月。有红色的蜻蜓在水面翩翩起舞，几只白鹅伸着长脖子在水里悠闲地觅食。月沼里映着晴空云朵，青山如黛，瓦屋倒影，古树苍穹，也映着徽州村落千年的沧桑。

我坐在月沼边的茶楼里向窗外张望，桌上一杯黄山翠峰，清茶浅酌，坐对明镜一般的月沼。我问开茶楼的婆婆，月沼为什么不修成圆的，而修成半圆形呢？她说：“水满则溢，月圆则亏，世间万事万物就是如此。”这就是古人的智慧，花好月圆是世人心里的盼望。佛家说，娑婆世界。娑婆即遗憾和残缺，世间没有了遗憾的失落，就没有团圆时候的美满。

“人有悲欢离合，月有阴晴圆缺，此事古难全。”

只有懂得残缺之美的人，才更加懂得珍惜生命里的花好月圆吧。

点评

全文充满了禅意和哲理，说理井井有条，语言灵动简洁。文字的诗意泼墨、挥洒自由，赋予文章强烈的艺术感染力。

第四辑　遥远的童话

时光的沙漏里，细沙流走的是光阴。淡淡檀香里，袅袅燃尽的是光阴。一杯清茶，从沸腾香醇到冰凉如水，冷却的也是光阴。

他日柳青，今日落花。韶华与皓首之间，是漫长的一生还是转眼即逝的一瞬间？岁月是什么，长的是忧愁，短的是欢颜。

林花谢了

林花谢了春红，太匆匆，是诗人在追问时光。

墙边依偎着一丛蔷薇，一夜风雨，嫣红的花瓣落了一地。“开到荼蘼花事了”，这是《红楼梦》中的诗句。花事了，写世间的离散。我一直不知道荼蘼竟然是一种小花，清雅的白色，淡然的芬芳。像一个女子心中的爱情，静寂着，内敛的，在内心寂寞地盛开。他从花树旁无视地走过，那落了一地的花瓣，片片都是她前世的盼望。

春风沉醉的夜里，在古老的凤凰游走，北门城楼下，有一帮抱着吉他的年轻人在唱歌，有女子唱蔡琴的歌：“让它淡淡地来，让它好好地去，到如今年复一年，我不能停止怀念……”那是唱给爱情的歌，也是唱给光阴的歌。歌声如贴着水面低回盘旋，似流水漫过心田。她的歌，要有阅历的人来唱，心醉痴迷，却有无尽的苍凉。让人想起微雨的江南，水面上的落花，离别的箫声，泊着孤舟的渡口，含泪的眼眸，在水一方的佳人。他踏上一叶孤舟，一回头，见她还站在水边的紫藤花树下，人影幽幽，落花细细。林间一双紫燕不知愁滋味，飞过水面。

“落花人独立，微雨燕双飞。”水流花谢两无情，从此后，千里烟波，与君诀别。

什么是似水流年？作家王小波写道：“就如同一个人中了邪躺在河底，眼看潺潺流水，粼粼流光，落叶，浮木，空玻璃瓶，一样一样从身上流过去。”关于时光的比喻，那么形象和传神。

昨日，婴儿时期的森儿还在我的怀抱里，一双百合花似的小手抱紧奶瓶喝奶。外婆唤他，他含笑的双眸回头望着外婆，一脸的笑意如同春天的清晨，纯净欢喜。一双眼眸笑成两弯月牙，牛奶就顺着嘴角潺潺不断地流下了。一转眼，小小的人儿背着书包上学了。再一转眼，他已长成一个怀揣心事的翩翩美少年。有时见他不快乐的样子，我就逗他，对着他唱歌，小小少年，没有烦恼，但愿永远这样好。

洒满阳光的午后，将他婴儿时期的衣衫一件件拿出来，晾晒在和煦的春光里。我晾晒的是一件件小小的衣衫，还是一日日流走的光阴？

时光的沙漏里，细沙流走的是光阴。淡淡檀香里，袅袅燃尽的是光阴。一杯清茶，从沸腾香醇到冰凉如水，冷却的也是光阴。

他日柳青，今日落花。韶华与皓首之间，是漫长的一生还是转眼即逝的一瞬间？岁月是什么，长的是忧愁，短的是欢颜。

昨日，还记得年轻的父亲穿一件白衬衣，用自行车驮着幼年的我和妹妹出去游玩，自行车骑得飞快，路旁的白杨树哗啦啦地唱着歌，我们银铃般的笑声洒了一路。一转眼，父亲老了，今日打电话给我，问我上班忙不忙，不忙的话，去帮他买几盒降压药。苍老的声音，小心翼翼的口吻。一瞬间，时光流转，我已成年，他却成了童年的我，要我为他遮风挡雨。幼年的我是那么贪心，总央求父亲替我买这买那，要他给我的爱再多一点儿。在光阴面前，我深深低下头去，眼看着父母一日日衰老，白发如霜，老病缠身，我却无能为力。

我慢慢地，慢慢地了解到，所谓父女母子一场，只不过意味着，你和他的缘分就是今生今世不断地在目送他的背影渐行渐远。你站立在小路的这一端，看着他逐渐消失在小路转弯的地方，而且，他用背影默默告诉你：不必追。

是的，不必追，目送孩子一天天长大，一步步走远，走进自己的天空。他的天空落雨了，我不再是他雨中的树荫和遮蔽。渐渐目送父母一日日脆弱、孤寂、苍老、憔悴，任岁月的积雪落满发间。我渐渐懂得，上苍不会厚待我们所有人，似水流年里，他总是冷眼看着，看着我们不断寻找，相伴，厮守，离散。

点评

本文是作者在追问时光，也是你我在追问时光。他日柳青，今日落花。韶华与皓首之间，是漫长的一生还是转眼即逝的一瞬间？诗意的言语，细数似水流年。真情的诉说，赋予文章强烈的艺术感染力。

等爸爸回家

故乡白鹿原上一个春日的黄昏,湛蓝的天空长满云朵,山坡上的梯田像是画家笔下绚丽的画卷,一层层碧绿的麦浪,一层层金黄的油菜花。夕阳西下,橘红的太阳站在远山顶上。

那天是周末,我和妹妹站在原上向着山坡下翘首张望——

落日的余晖将碧绿的麦田染成金色,将一排排白杨树染成金色,将六岁的妹妹染成金色。她的眼睛黑亮亮的,清澈得如同春天的小溪,忽闪着的长睫毛像蝴蝶的翅膀。

每个周末是我们全家最开心的日子,因为爸爸要从县城的单位回家。所以,周末的黄昏等爸爸回家,就是我们最幸福和煎熬的事。因为,爸爸骑着自行车,大约得三个小时才能到家。

等到晚霞满天红遍了天空,我和妹妹已经等了好久,妹妹问,爸爸咋还不回来呢?她梳着娃娃头,胖嘟嘟的小脸,穿一件红白格子的小布衫,小手拽着我的衣角。我安慰她,你别着急,爸爸在路上呢,爸爸一定给你买了大苹果。听说爸爸买了大苹果,她的眼睛笑眯眯的,笑成了一弯新月。

太阳终于落进了大山的怀抱里,天色渐渐暗了下来。玉带般的小路上走上来一个小人影,我们高兴极了。可能是爸爸,妹妹说。我们一起大声喊:爸爸,爸爸!两个孩子稚嫩的童声在山谷中久久回荡。在那个年代,没有手机和电话,我们只是靠着呼唤,来呼唤爸爸回家——

没人答应。妹妹说,那个人不是爸爸。

十几分钟后,一个推着自行车、穿着灰色中山装的男子从山坡下走了上来。

我们望着走远的男子的背影,失望极了,她嘴里叽咕着,果然不是爸爸。

再等等,爸爸一定会回来的,我安慰她。

我们一边等爸爸,一边大声唱着歌:小燕子穿花衣,年年春天来这里……小呀么小二郎,背着那书包上学堂……我们将学校里学会的歌都唱了一遍。

暮色四合,一弯新月爬上深蓝的夜空。倦鸟归巢,它们在林间低飞徘徊,高大的白杨树在晚风里歌唱。田野一派寂静,只有虫鸣如流水,亘古不变的白鹿原回归了原始的寂静。

这时,山坡的小路上走上来一个小黑影。“是爸爸吗?”妹妹问。我们一起大声喊起来:爸爸,爸爸!山坡下有人答应了。“唉!是娟娟吗?”爸爸问,我们听出是爸爸的声音。真的是爸爸!于是,我们像小鸟一样向着山坡下飞奔而去,见了爸爸,又惊又喜。只见爸爸推着自行车,脸庞有些疲倦,额头上都是汗水,背上的衣服都湿透了。妹妹问爸爸:“爸爸,你给我买了啥好吃的?”爸爸微笑着拍拍自行车后面的袋子,妹妹用小手摸了摸,果然装着圆滚滚的苹果和梨子。

“爸爸,你累了吧!我们帮你推车。”我们一起弯着腰,跟在爸爸身后,用力帮爸爸推自行车。

“爸爸,我们等你好久呢。”我们抱怨着,心里却乐开了花。爸爸问:“你们俩等了多久?”妹妹说:“从太阳还在天上,一直等到太阳回家,你还不回来。”

爸爸回头看着我们,温和地笑了——

爸爸,你离开我们整整一百天了,我们几乎还在等你回家。我们童年时候等你回家的时刻,呼唤你回家的傍晚,如同电影一次次浮现在脑海中。爸爸,你真的不再回来了?如今,我们都长大了,可是,爸爸,我们的呼唤还在,爸爸,你一定记得回家的路,记得我们呼唤你的声音。

你走后,光阴仿佛已经静止了。我一直不能接受你已经离开我们的事实,也一直不敢在稿纸上写你。有时午夜梦醒,我站在窗前看月亮,想着不能再回来的爸爸,泪水滂沱。爸爸,你已经化成一颗星星,住在天上,看着我们,保佑我们——

爸爸,我们活着,你就活着,我们留下来,替你看这个世界。

昨日读一篇文章,有这样一句话:“好好活着,就是对亲人的爱。”爸爸,我从前和未来所有的文字,都是用你给我的生命写下的。我们都会好好活着,像你一样勤勉刻苦,学识渊博,正直善良,心怀悲悯。

爸爸,你走后,我时常抬头看看天空,我童年时候等你回家的天空依然长满云朵，似雪山，羊群，白鹿……可是，爸爸，你已经不在。

爸爸，你一定会听见我们的呼唤。爸爸，你记得回家的路，如果有来生，记得回来做我们的爸爸。

点评

本文是一幅童年最美好的画卷，是作家一生也忘不了的画卷。等爸爸的两个孩子，站在故乡的原野上，有夕阳、虫鸣、大树。孩子等待父亲回家的迫切心理描写得尤其细腻传神，真实亲切，感人至深。

妹妹的笔记本

泠泠清秋，院子里的桂花开了，一夜秋雨，细细的花瓣落了一地。

清晨，我在母亲的储藏室里寻找一本书，在旧书架上我翻到你的一本笔记本。清秀的字迹，上面工整地抄录着泰戈尔、余光中、舒婷、席慕蓉的诗篇。

笔记本的扉页上夹着几片发黄的栀子花瓣，像一只只枯萎的蝴蝶，停驻在时光深处。像一只沧桑而温柔的手，拂去岁月迷蒙的尘埃，牵引我回去寻找青春年少的你，牵引我回到书香满怀的菁菁校园。

年少的我们在古城同一所学校求学，专业书籍枯燥无味，我们常常在周末一整天泡在学校的阅览室里。在那里，世界向我们打开另一个窗口，《简·爱》《边城》《茶花女》《四世同堂》……我们一同游进书的海洋里，像两条快活自在的小鱼。我在学校的校刊任编辑，常发豆腐块似的小文章在油印的刊物上，同学们称我才女。你看了我的文章，总是忽闪着黑宝石一样的大眼睛，傻傻地说："姐，我最崇拜你了。"我们像一对并蒂的荷花在校园中静静地抽枝长叶，悄悄地盛开。同学都羡慕我有一个形影不离的可爱、美丽的妹妹。

栀子花开的时候，你一脚踏上去远方的火车，我的思念像铁轨一样在你身后紧紧相随。你做了美丽的新娘，幸福得像花儿一样。一年后，你有了小小的海儿。生活像一幅徐徐展开的画卷，刚刚露出幸福的色彩。

可是，刚刚五个月大的海儿被诊断出患有严重的疾病。你失神的大眼睛里竟没有一滴眼泪。二十四岁的你一定是被命运的重击吓蒙了，不知道为什么如此的不幸会降临在你的头上。而后的几年里，你用柔弱的肩膀扛起一切，你从不哭，你咽下生活中所有的苦难，带着孩子奔波于各大城市的医院，求医问药，为了孩子，倾尽所有。由于生活的困顿、劳累和漂泊，你患上了慢性胃病，月亮似的脸庞一天天地消瘦而憔悴。孩子太小，针灸，理疗，打针，每一次治疗，他稚嫩的哭声像刀子一样切割着你的心。我知道，孩子的病痛在母亲那里会增加百倍千倍。

母亲的心，原来是一罐中药，在岁月的炉火上慢慢地煎熬，煎熬……

可是，你所做的一切努力，仅仅只想让他成为一个普通而健康的孩子。

那一年的岁末，我收到你寄来的温馨的贺卡，上面写着："姐姐，我现在很好，你不要为我担心。生活就是这样，幸福与苦难总是结伴而行。在遥远的地方，我能感受到你的爱。有你，我很幸福。愿岁月不再蹉跎，愿我们好好活着。"

读着它，眼泪像洪水将我淹没。想起一位作家所说："人活着，就是为了含辛茹苦。"

感谢母亲给我一个骨肉相连的妹妹，我们是一双手足，永远不可分割。在泪光里，我看见了你，在磨难中长大的妹妹，我蓝月亮一般的妹妹。你像一只荆棘鸟，每一步行走都是疼痛和鲜血，每一步行走都忍着苦痛和泪水，可是，你从来都没有放弃，没有放弃希望，没有放弃对生活的信念。在厄运面前，我伸出手去，握住你冰凉的小手，像小时候一样，牵着你，走过生活的沼泽和荆棘。我永远都是你的姐姐和朋友。我们是一对并蒂的荷花，同根而生，密不可分。所以，我永远和你并肩站在一起。

在丽江古城薄雾笼罩的清晨，我见到一位当地有名的书法家，他叫和志刚，纳西族人。他十岁时，因为触电失去了双臂，但他没有为自己的不幸而消沉。他以口书写春秋，书法苍劲有力，别有风骨。巨幅的书法作品挂满书房，他正和朋友谈笑风生，明朗的笑容像丽江的阳光一样灿烂。那一刻，我想到了你，想到这些年生活给予你的种种痛苦和艰难，想到长大的你，一双清澈的双眸中流露出的从容和淡定。生命是什么？是秋日江畔的一丛丛芦苇，白露为霜，大雾弥漫的时候，阵阵袭来的寒风也不能将它们折断。

生命本来是没有名字的，在苦难面前，坚韧就是它的名字吧。

点评

本文以情动人，感人肺腑，写人叙事，情节细腻丰富，情感含蓄而温婉，充满着激荡心灵的力量。

种在妈妈心里的花

森儿八个月大的时候，还不会爬。那天黄昏，爸爸捉回一只蟋蟀，在凉席上玩耍的森儿看见了，噌噌地爬过去，一巴掌就把小蟋蟀拍成了“相片”。从此，他便在桌子底下像只小狗一样地爬来爬去。

森儿一岁半了，只会说短句。我外出一周回来，奶奶带着他在楼下玩耍。他忽然看见我，不说话，晃着大大的脑袋呆呆望着。我向他张开手臂，他才恍然明白，这个人是妈妈，于是摇摇摆摆直冲着我奔过来，像只憨憨的小鸭子。我抱起他，他眯着眼睛只是笑。我问：“你哪里想妈妈呀？”他于是腆着肚子，像个小将军，拍了拍肚皮，郑重地说：“肚肚想。”一岁半的森儿，他的思念，全装在肚子里，圆滚滚的，满满的，都是爱。

他三岁，在院子里玩累了回家的时候，不肯自己上楼梯，要我抱他。有时，我抱他走到三楼，累得走不动了，就让他自己走，他不愿意，耍赖。而后，忽然在我脸上亲一下，口水汤汤，还说：“爱是力量！”我抱起他健步如飞，直奔五楼的家。

春节前夕，奶奶从老家来看森儿，有一年不见奶奶，他和奶奶有些生疏了。可是我上班刚走，他就对奶奶说：“奶奶，我最喜欢你了，真的！可我妈妈一回来，我就不喜欢你了。”奶奶听了，简直哭笑不得。

森儿的双手抱着一个大苹果，啃得津津有味，姥爷问他：“把你的苹果给我尝一口，行吗？”他想了想，抬起头笑眯眯地说：“爷爷，我的手有点儿脏，你不吃哦！”

他上幼儿园的第一天，我整整一天都在忐忑不安中度过。终于等到下午放学，我连忙跑去接他。他一看见我，大眼睛里的眼泪像珍珠一般滚下来。我问：“你怎么了？”森儿说：“我在幼儿园想妈妈的时候就一直忍着，都没有哭，我一看见你，就忍不住了。”我抱着他，安慰他，你已经长大了，不能总和妈妈在一起，在幼儿园里会学到许多知识，交很多的好朋友。他想了想认真地说：“妈妈，等我长得像树那么高的时候,我把你送到幼儿园里,我去上班,你可不要哭哦,我一下了班就来接你。”

有一次,他看着我和他爸爸的结婚照,端详了好一阵,走过来郑重地对我说:“妈妈,我长大了要和我们班的贝贝结婚,也要拍结婚照!”我说:“好啊! 为什么是贝贝,而不是班上其他小女孩呢?”他凑在我的耳边神秘地说:“因为她不抓我的脸!”我忍不住大笑,因为他们班有个小女孩,那双纤纤小手十分厉害,森儿曾领教过,而且当时脸上伤痕累累。

森儿看见床下一双拖鞋乱放着,就蹲下来将拖鞋摆放整齐。我问:“你为什么要将鞋子摆整齐呢?”他说:“它们不放在一起,你让它们俩怎么说话呢?”

我准备去理发店烫头发,征求森儿的意见。问他:“我想换个发型,烫一下头发,你觉得怎样?”他无限忧伤地说:“妈妈呀,你可不要烫一头方便面回来啊!”

那天,我正在洗衣服,他过来摸摸我的头发说:“妈妈,你老了还有长长的头发吗?”我说:“等你已经长大了,妈妈就老了,会梳着和奶奶一样的短发,也是一脸的皱纹和满头白发。”他想了想,很生气地说:“那我现在就不吃饭,不长大!”我的眼里一时间溢满了感动的泪水。

下午,我在书房读书,森儿从门外冲了进来,一张小脸涂满了黑色颜料,活脱脱一只小花猫,手里还握着一把鞋刷,如同莫高窟辛勤的画匠。我忍不住怒火中烧:“你在干什么,小坏蛋!”他傻乎乎地笑着:“宝宝帮你刷鞋呢!”我的天! 我放下书,直奔鞋柜,只见他的红球鞋里里外外全成了黑色,我的白色运动鞋也掉进了大染缸。真想好好揍他一顿! 再看看他,仰着一张小花脸冲着我乐。举起的手又放下,我舍不得打他呀。他大大的脑袋,黑水晶一样的眼睛笑着望着你,他还跟我表功,真是没办法,抱紧他,奖励一个吻吧!

他上小学三年级了,期中考试成绩不理想,放学回来就闷闷不乐。吃饭的时候,我们聊天,他说:“妈妈,我觉得人生的痛苦来自比较。”我大吃一惊:“儿子,你说得太好了,这简直就是哲学家说的话。”

清晨,他进卫生间洗漱,三分钟就冲了出来,我问他:“你洗脸了吗?”他说:“当然洗了!”“那毛巾怎么还是干的呢?”他理直气壮地说:“妈妈,你到底是相信一条毛巾,还是相信你的亲生儿子?”

多年来，家里一直订着《读者》杂志，十岁的森儿也是每期必读。他在2011年第11期的《读者》上忽然看见我的名字，惊奇地问我："妈妈，这篇《小名》是你写的吗？"我说："是啊！"他说："今天我要去学校炫耀一下，我妈妈的文章上《读者》了！"他万分欣喜的样子，几乎比我还高兴。我正在洗碗，他忽然在我的脸上亲了一口，说："你真是我的骄傲，这才是我的妈妈！"这是我时常夸奖他的一句话。

有时，他读我写幼年时的他的文章，一个人偷着乐。有时又迷茫地望着我，问道："我小时候有这样傻吗？是这样的吗？我怎么都不记得了？"

我不说话，摸摸他的头，在心里说："亲爱的，你也许会忘记那个幼小的你，可是，拥有你的这十二年里，你的每一个小小的举动，你的每一句话，种在妈妈心里，就开一朵花，我用一生又怎能忘记呢？"

点评

本文是一串孩子成长的珠链，每一颗珍珠，都充盈着母爱。文中充满了浓郁的母子深情，读来幽默轻松，爱意满满。

一期一会

我与《西北电力报》初相遇时，还是一个清纯的女孩。转眼间，十八年似水流年，多少青春不在，多少情怀已更改，唯有对她的眷恋和敬重永远不会改变。因为，我是她十八年以来的读者和作者。

那一年我刚参加工作不久，第一次投稿给《西北电力报》副刊，不久收到编辑大涵老师的回信，笔迹潇洒苍劲："你的散文近期发表。散文是一种作者和读者以心相见的文体，最贵就在一个'真'字，只因有了'真'，才可能谈到'善'和'美'，当然，就你的稿件来看，文字还很稚嫩，假如要挤上'文道'这条充满荆棘的路，心理上要做好充分的准备，去迎接一次次失败。唯有如此，才有可能成功。一定多读书，读经典就是走捷径。"

谆谆教导，一字一句都镂刻在心里。我一直珍藏着那封信，犹如珍藏一颗星子，一片月光，那是美的储存，可以享用一生。我多么幸运，在文学大门之外彷徨徘徊，轻轻敲开门，就遇见一位博学仁厚的师长，引领我步入青青的芳草地。

以后的日子，每周一期的报纸，成为我的良师益友，与我结伴而行。每逢读到优美的散文，我都会剪下来贴在笔记本上，反复阅读，如品香茗，如沐春风。偶然，在副刊上看见自己的文章变成了铅字，更是惊喜万分。

"一期一会"是日本茶道中的词语，是指人生的每一个瞬间、每一次相聚都不能重复。我与报纸的每周相会也成了"一期一会"，享受美文带给我心灵的滋养和抚慰，感受汉语的诗性魅力，听到花开的声音，看见清泉流淌、鸟儿的飞翔。我时常徜徉在书法、绘画、摄影、漫画等艺术世界里，那些苦苦求索的日子，那些畅游在书海的日子，我现在才知道它们有多么美，因为它们的分分秒秒都浸透了热爱和虔诚。

渐渐地，我的散文从这块青草地走向全国的文学期刊，多篇文章被《读者》《散文选刊》《青年文摘》转载。2008 年岁末，刊载在《西北电力报》副刊的《春日记事》选入《2008 年中国精短美文精选》一书。当我告知大涵老师，电话里的他笑语朗朗：“‘严重’祝贺，我们报纸将发一个消息！”2011 年第 11 期的《读者》转载散文《小名》，我在第一时间告诉他，他高兴地说：“这标志着你的散文又上了一个台阶。但是，你还要拓宽知识范围，文学和历史、音乐、美术、哲学等都是分不开的，不断丰富和充实自己，写作的路才会走得更长远。”

作为编辑，他认真严谨的为文态度深深影响着我。他常说，一篇稿子写好了，不要急于发表。将稿子装在衣袋里，准备一支笔，空闲的时候拿出来再慢慢斟酌、推敲，每读一次都有修改的可能。写作要耐得住寂寞和孤独，每天有几个小时读书，认真写读书笔记。是的，任何一门艺术，从来都不是一挥而就、信手拈来的。齐白石老人说，余六十年画虾之功夫若磨剑。这句话让我懂得，对于从文者，文字其实是一块璞，只有经过耐心的打磨，苦心雕琢，才能变成一块块美玉。

大涵老师学识渊博，博览群书，每当遇见了好书，会及时推荐给我，比如杨绛、黄永玉、汪曾祺、王世襄等作者的书。他说，多读大家的文字，觉得他们的心就是一把紫砂壶，不论怎样平凡的琐事，装在这把紫砂壶里，倒出来的“茶”都是有茶香的。是啊，好文字当然是有香味的。

那年秋天，在报纸副刊研讨会上，只见他大步流星走了进来，和作者们一一握手，洪亮略带磁性的声音，一口纯正的京腔普通话，他讲写作，出入古今，洒脱自如，风趣幽默，又极富感染力。会后，一行人去汉阳陵参观，天落了细雨，我忘了带雨伞，从包里取出一张报纸顶在头上遮雨，他将手中的雨伞递给我，一边接过我手里的报纸，还调侃道：“还是我顶着报纸吧，谁让咱是‘报人’嘛！”

因为写作，生活不会甘于平庸，不会陷入虚空，不会沦于尘俗，我靠叙述自己而获得生命的意义，这是我的精神诉求。每天的阅读、写作，给了我一个清白饱满的人生。

“文求雅洁，少雕饰，如行云流水。”渐渐年长，才慢慢懂得汪曾祺先生这句话的道理。年纪渐长，才慢慢明白，写作一如人生，其实是在做减法，删繁就简，去伪存真。摒弃桃红柳绿的文字，渐渐变得简洁、凝练，端正从容。写作是一座山，用尽一生，也不能走遍。

《西北电力报》，天性自然，人性温暖。有对文字的珍惜，对作者的尊重，对光阴的敬畏，对善美的坚守。我与她因文字结缘，是多么幸福的事。

可是我知道，无论光阴再过去多少年，我再也遇不见另一个她了。

点评

标题朴素，作者回顾了自己写作初期结缘的一份报纸副刊，结识了一位博学的师长。有时候，回忆类的文章，那份真挚的情感、朴素的情怀更易使人产生共鸣。

盛开与凋零

（一）

栀子花开在清澈的汉水边，出奇地洁净和素雅，这是初夏送给我最美的礼物。

我一直喜欢白色的花朵，比如白百合、铃兰、栀子、白绣球、茉莉和广玉兰。过于艳丽的花，我不喜欢，也许是精神世界追求洁净的一种体现。此刻，它们都随节令远行了，唯有栀子花还守候在这里。栀子花，不华丽，不媚俗，贞静端丽，馥郁而执着，有一种心灵的清香。你走出很远了，一阵清风吹过，香气又飘了过来，痴痴缠绕，令人迷醉。想起画家徐悲鸿说："好的画家，一定要一意孤行。"面对绘画，他一味任性，只忠实于自己内心的感受。我怀疑，徐悲鸿是不是从栀子花的秉性中得到启示？

一丛丛芦苇站在江畔，随风摇曳。少年时，我一直不知道《诗经》里的"蒹葭"是什么样的植物，原来便是水边一丛丛花絮洁白的芦苇。"蒹葭苍苍，白露为霜。所谓伊人，在水一方。"《诗经》里的蒹葭伴随着男子的思念而来，伊人远去，留下一个缥缈优雅的幻影。

把人比喻为苇草，是布莱士·帕斯卡首创。他说，人只不过是一根苇草，是自然界最脆弱的东西；但是，人是一根能思想的苇草。

此刻，夕阳将余晖洒在江面，半江瑟瑟半江红，宛如一匹绚丽的绸缎。江水沉静如梦，有几只白鹭在水中觅食，碧波里映着它们雪白的身影，有时候飞累了，就三三两两在裸露的沙滩上漫步。有时会依偎在一起，相互梳理颈上的羽毛，如一对恋人。

江面上停泊着一叶孤舟，仿佛是一场漫长的等待。从山寒水瘦，等到碧潮满满,等待的人一直没有来。来的是白鹭,不知是不是要慰藉这夏日江岸的孤独。

江面划来一只小船。渔人头戴着斗笠,站在船头,不慌不忙,悠闲地摇着船桨,节奏不快不慢。晚霞将渔人染成了金色,也将小船染成了金色。船后荡起层层的涟漪,人仿佛游在画中一般。

黄昏时候,我在江畔散步。人到中年,连脚步也慢下来了。

江畔的小路曲折蜿蜒,沿着江岸伸向远方。远山如黛,近树繁花,晚风清凉。路旁种满了香樟、银杏、桂花,还有一棵高大的合欢树,正是花满枝丫,那是我最喜欢的花。我恍惚回到故乡的小院,回到那棵合欢树旁。微风吹拂,蝉鸣阵阵,粉红的花儿落了一地,一朵朵丝线般的花瓣伸展着,如同一朵朵花伞。这时,白发的祖母就会唤我:"快去捡花吧,晒干了给你泡茶喝,可以消暑去火。"那是我此生见过的最美的花。因为,它是故乡的花,祖母的花,我的花。

一株香樟树,立在水边,如一位守望的男子,凝望着滚滚东去的汉江。香樟树在春天里只要新叶初生,老的叶子就渐渐泛红。一片片红叶飘落,像一叶小舟,驶向夏日的深处。树上有几只不知名的鸟儿鸣唱着,清脆的声音回荡在水边。一抬头,就看见长着金色尾巴的鸟儿,忽闪着双翅,轻灵地掠过树梢。

不远处,头戴草帽的老人,推着割草机在给草坪除草,空气中弥漫着青草湿润的芬芳。我喜欢青草收割后的味道,那是春天里万物生长的味道,植物生机勃勃的味道,有一种清新、湿润的美。收割后的青草,堆积在草坪上,一群五六岁的男孩看见了,欢呼着扑向碧绿的小山,将堆起来的草洒了一地。老人大声训斥着他们,孩子们嬉笑着跑远了,不一会儿,又聚集在草堆前狂欢,如一群赶不走的小麻雀。

往回走,又是栀子花。季节没变,我却经历了一个轮回。

落在草地上的栀子花瓣,如一只只白色的小船,停泊在翠绿的湖面上。有几只黑喜鹊,伸着长长的嘴巴,叼起一片片花瓣,飞远了。

(二)

黄昏时候,在江畔的小路上遇见一位老人,是走过栀子花之后。

老人穿着灰色的上衣、黑裤子,脚上穿灰色的运动鞋,微微驼背,缓慢地走着。满头花白的头发,他走路的背影,多像是我的父亲。我加快了步伐,不一会儿就超越了他。我回头去细细打量,大失所望。不,他不是我的父亲。他怎么会是父亲?

此生,我再也见不到父亲的背影。

那一晚,我梦见了父亲。他穿着一件白衬衣,骑着一辆自行车,车上带着我和妹妹,驰骋在宽阔的路上。路旁是一排排挺拔的白杨树,春天的风,吹过故乡的原野,麦苗青青,桃花盛开……

梦醒时,月明人静,秋虫低吟。想着梦里的父亲,他高大的背影,温和的笑容,戴着一副黑色眼镜,满脸笑意,看着我……

我忍不住泪水潸然。

是谁说过,没有在长夜痛哭过的人,不足以语人生?

暮年的父亲在患病之后,走路越发慢了,平衡能力很差,一不小心就会摔倒,医生要求他多练习走路。我时常陪他,在江畔的小路上散步。有时牵着他的手,他的手宽大温暖,手背上有了几颗老年斑。父亲那时常常微笑着,没有病中的愁容。

从小手到大手,这样的牵手就是一生一世。

记起小时候,父亲牵着我的手去商店,给我买美味的糖果,带我去电影院看电影。童年记忆最深刻的,就是父亲常牵着我,去西安碑林欣赏书法。我们徜徉在古树苍天的千年庭院里,行走在一块块虎踞龙盘的石碑之间,听父亲讲书法家王羲之、怀素、张旭、于右任——

我从六岁开始在父亲的陪伴下开始习字,潜意识里,他要将女儿培养成一个秀外慧中的淑女。

恍然记得父亲第一次教我习字,临摹的是书法家柳公权的《玄秘塔碑》。他温暖有力的大手握着我的小手,一笔一画,一撇一捺,我凝神屏息,一丝不苟,仿佛在书写自己一生的命运,父亲教我写的字是人、一、大、小……

他说:习字如做人,心正则笔正,笔正则字正。写字不得潦草,不能慌张,更不能肆意涂抹。书写时气息不能断,提笔就要一气呵成,落笔无悔。

父亲走后，因为对他的深深思念，我拿起放弃多年的毛笔，重新开始练习书法。父亲，你知道吗，每当我提笔书写的时候，仿佛你还站在我身后，慈爱的目光一直注视着我，鼓励我，督促我，令我不敢懈怠。那些生命之初最美的书写，留在光阴深处，温暖漫漫人生。

如今回想父亲的话，仿佛不是在解读书法，而是在解读人生。

小时候练习书法的经历，在我成年之后渐渐显现出其意义，传统文化的熏陶，滋养了我日后的写作，冥冥之中，仿佛都是父亲安排好的，我用父亲握着的那只手写作，给各大报刊写稿，不知不觉我成了终身写字的女子，从懵懂天真的童年到人生的中年。

我渐渐明白，习字如练功，比的是内力而不是外力，写作也是如此，只有内心有静气，安于寂寞的人，文字里才有沉稳大气，端正开阔，洁净坚韧，才有格局和气象。

在浮躁的尘世间，任何一种安静从容的书写，都是生命的修行吧。

父亲一生勤奋博学，性情温和，仁厚善良，他喜欢花草树木，喜欢养小猫小狗。暮年时，他喜欢练书法，尤爱听秦腔，听起来就如醉如痴，常跟我聊起作家陈忠实的《白鹿原》，因为白鹿原是他魂牵梦萦的故乡。他敏感，细腻，善良，悲悯，爱世间一切美好的事物，这些生命的特质，无一例外，全都遗传给我了。

那年春节，他的水仙花开了，冰清玉洁的凌波仙子，亭亭玉立，他倚靠在窗前看花，轻声对我说："爸爸可能看不见明年的花开了。"他眼里含着无尽的忧伤。我忍住满眶盈盈的泪水，握着父亲瘦弱无力的手，只想给他一点点生命的力量。

三个月之后，父亲走了。

凡事皆有定时，天下万物都有定时。生有时，死有时，寻找有时，失落有时，保守有时，舍弃有时，花开有时，凋零有时……

父亲，世间一切皆有定时吗？花开花谢，草木枯荣，月盈月缺，生离死别，一切都是上苍的安排？人能从一切痛苦和虚空之中觉悟，方是生命的智慧。

清晨，连上网络听美学大师蒋勋先生的讲座，他解读"仁"字时说，"仁"是果实坚硬的外壳中包裹的最柔软的部分，其实也是人心中最柔软、温暖的部分。父亲的名字里就有这个字，我此生珍爱的这个字，安放在生命最深情的角落。

人生最大的悲伤，莫过于生离与死别。一个人离开了生命的故园，她便永远地回不去了；一个人离开了另一个人，她更是永远地回不去了。

我慢慢地，慢慢地了解到，所谓父女母子一场，只不过意味着，你和他的缘分就是今生今世不断地在目送他的背影渐行渐远。你站立在小路的这一端，看着他逐渐消失在小路转弯的地方，而且，他用背影默默告诉你：不必追。

小路旁的夹竹桃花满枝头，红烁的花朵掩映在碧绿的叶子下，水气泱泱。

暮色四合，草木散发着淡然的气息，虫鸣如流水，江风清凉，夏日的暑气渐渐散去。湛蓝的夜空升起一弯新月，江心里也泊一弯新月。我看见父亲缓缓走在江边的小路上，浅灰色的上衣，黑色的长裤，他慢慢走着，我望着他的背影，看他渐行渐远，渐行渐远，再也看不见，泪水模糊了双眼……

点评

本文写花朵的盛开和生命的凋零；写父亲的离去，以及生命的轮回和思念。本文是一篇优美的哲理散文，如此对比的写法，蕴含着一种奇异的力量。

不老的《父与子》

我上小学时候，爸爸从外地回家，带回几本《少年文艺》给我。书中有《父与子》的一幅幅漫画，画中是爸爸和儿子之间有趣的事。我读得津津有味，笑得直不起腰来，常常忘了吃饭和睡觉。

漫画上，光头的爸爸穿着黑色的小背心，挺着大肚子，爸爸身后总是跟着一头乱发的小不点，他永远六七岁的模样。一对幽默可爱的父子，一份浓浓的骨肉深情。我多么希望自己的爸爸也能和漫画中的爸爸一样幽默开朗，每天能陪我一起嬉戏玩耍。可是，我儒雅的爸爸常年在外地工作，一年在家的时间不过几周。

一次，父子俩去书店买书，那本书实在是太吸引人了，儿子读得津津有味，爸爸也低着头，背着手，跟在儿子身后读书，痴迷极了。

回家后爸爸觉得口渴了，抓起烟叶放进了茶壶里。他端起茶壶去倒茶，结果将茶水倒进了帽子里。他和儿子走进浴室准备洗澡，浴缸里的水放满了，爸爸捧着书，忘了脱衣服就坐进了放满水的大浴缸里。爸爸忘了洗澡，儿子也倚着爸爸的肩头，靠着浴缸低头继续看书……令人忍俊不禁的一对父子！

有一次，儿子一不小心将墨汁倒在了地毯上，爸爸生气极了，出门去寻找“武器”准备狠狠揍这个臭小子一顿。可是，当爸爸找到树枝回到家，看见儿子正用墨汁在地毯上作画，画了两只小猴子，活灵活现。爸爸没想到儿子画得这么好，于是忍不住拿起树枝，趴在地毯上和儿子一起画起来。只有童心未泯的爸爸懂得孩子的心啊！

儿子到书房向爸爸要书，爸爸给他一本《鲁滨孙漂流记》。他摆摆手，对爸爸说：“我要歌德的书。”爸爸心中窃喜，儿子喜欢看歌德的书是好事情啊！不一会儿，爸爸推开房门去院子里找儿子，见他正将歌德的书叠起来当垫脚石，忙着摘树上的果子呢！爸爸忽然明白儿子为什么要歌德的书，原来那本书最厚，踮起脚正好能摘到树上的果子，爸爸惊讶得将烟斗掉在了地上……

放假的第一天早晨，爸爸看着酣睡中的儿子，不忍心叫醒他。于是轻轻地将儿子的小床搬上汽车，一直开到郊外的原野里。儿子一觉醒来，睁开眼睛，溪流潺潺，太阳公公露出了笑脸，马儿在草地上吃草，母鸡带着小鸡在散步，兔子竖着一对耳朵听小鸟唱歌……儿子用手摸摸大脑袋："我是在做梦吗？"爸爸看着儿子傻乎乎的憨样儿，躲在树丛后面偷偷乐了。

长大后的我做了母亲，我有了一个大眼睛的小男孩，我给六岁小男孩的生日礼物就是卜劳恩的《父与子》。我要让他明白曾有这样一位父亲，幽默、温情、童心未泯，他有一支画笔，泼洒浓浓的爱意，还有一颗正直不屈的心灵。

成年后的我，第一次知道举世皆知的卜劳恩是他的笔名，他的原名是埃里西·奥塞尔。他 1903 年生于德国，自 1934 年起在《柏林画报》上连载漫画《父与子》。1944 年，他被纳粹党逮捕入狱。卜劳恩常用他的漫画讽刺法西斯的罪行。他在监狱中写下最后的书信，他写给爱子："当我的声音因死亡而沉寂时，我的歌声仍在你活泼泼的心中唱着。"写给他的妻子："我为德国而画……还望你将他（克里斯蒂安）抚养成人，带着幸福的微笑，我去了。"他写好留给亲人的最后的书信，在狱中自杀，那一年，卜劳恩四十一岁。当我知道卜劳恩一生的命运时，泪湿了眼角。

我为那个一头乱发的小不点而难过，为年幼的他永远失去一位充满温情而才华横溢的慈父难过。因为，再没有人陪他嬉戏玩耍，再没有人以一支颇具才情的笔，画下孩子的成长，画下欢笑，画下爱，画下天伦之乐时幸福的点点滴滴。

卜劳恩的《父与子》也是一首歌，近一个世纪以来唱响在孩子们的心中。

卜劳恩永远活着，活在我心里，还是书中的模样，大肚子，穿着黑背心，光光的脑袋，手里拿着一只烟斗。他身后跟着许多的孩子，白皮肤、黄皮肤、黑皮肤的孩子，他们跟着他，成长的路上就有了笑声、爱、幽默和温暖。无论战争还是杀戮，都不能和他的温情与爱抗衡，没有什么能和浓浓的父子情抗衡，不是吗？

父亲的爱是月光，近一个世纪依然盈盈地照着，照着千万家园，照着天下父亲和孩子的心，照着心中有爱的人。

真爱永远没有国界。任岁月老去，唯有爱不老。卜劳恩和他的稚子不老，

《父与子》不老。

点评

本文语言生动鲜活，童趣盎然。从幼年时喜欢《父与子》的漫画，文章如诗如画般展开，而后升华到月光般的父子之爱。它照着千万家园，照着天下父亲和孩子的心，照着心中有爱的人。

棉

初夏时节，田野里的棉花开满了小花，绿油油的枝叶上站着紫的、黄的、粉红的花朵，薄如蝉翼的花瓣轻轻张开，小心翼翼守护着花蕊，因为，长大的花蕊就能结成一枚青涩的小棉桃。五六岁的我和姐姐在田里玩耍，偷偷摘了花瓣尝尝，有淡淡的清香，好吃极了。奶奶看见了就训我："丫头啊，冬天里指望这些棉花给你缝新棉袄呢，你吃了花儿，还咋结棉桃呢？"

一夜秋风，胖乎乎的棉桃听秋风讲了一个笑话，都咧开嘴巴笑了，雪白雪白的。一望无际的棉花，像是天空的白云，一夜之间全都落在了原野上。人们提着篮子，挑着担子，在田野里忙着采摘棉花，再忙着将云朵似的棉花一担担挑回家。

午后，奶奶坐在院中碧绿的葡萄树下，低下花白的头，一针一线地细细缝着，我的小花袄、棉背心，那是人世给我的第一缕温暖。朴素的棉花，让一代代的祖母用长长的棉线缝制衣裳，温暖那些幼小的生命，温暖一颗颗天涯游子的心。

后来，看齐白石老人的一幅画，画的便是棉花，大面积的浓墨画棉花的枝叶，留白处是一朵朵绽放的棉花，棉桃黑白分明，饱满丰盈，白雪似的，满是尘世的暖意。画上题诗云："花开天下暖，花落天下寒。"画棉花的画家很多，只有出身农家的齐白石老人懂得棉花"花开天下暖"的脉脉深情啊！唯有棉花，是花非花，是果非果。可是它，清清白白，花开陌上，温暖千万家。

年纪渐长，越发喜欢棉质的衣衫、布裙，素净的布旗袍上开着朵朵荷花，水墨画一般静美，那么柔软、贴心。棉质的衣裳犹如一对中年夫妻的爱情，所有的喧闹都过去了，不张扬，不虚荣。这份情感妥帖安稳，暖心暖肺，可以抵挡尘世的寒意。

读画家吴冠中的随笔，其中有写他的妻子。有一年冬天，她陪吴冠中在阳朔的漓江边作画。吴老正画着，不一会儿大雨淋漓，她急忙用雨伞遮挡着画布，两个人在雨中淋得湿透了衣衫。雨渐渐停了，风却大了起来，画架支撑不住了，她只好用双手扶着画布，用身体为他做画架，一动不动，一撑就是大半天。冬日的江畔寒风凛冽，两个人的手都冻僵了。

原来，他们中年的爱情如棉布一样，朴素，暖心，感人。

什么是爱情？不是那个花前月下海誓山盟的人，也不是在月光下弹琴唱歌的人。中年的爱情，是那个冒着大雨陪他作画的人，是在风雨里为他撑伞的人，是在寒冬用双手为他做画架的人。只有她，因为她是他的妻。她温柔贤淑，宽厚善良，和他几十年风雨与共，相濡以沫，患难情深。

读作家阎纲笔下的吴冠中：一天清晨见吴老和夫人坐在楼下草坪边的洋灰台上，打开包儿，取出精致的印章，有好几枚，磨呀磨，老两口一起磨。有人走过去问他："你这是做什么？"吴老说："把我的名字磨掉。""这么好的东西你磨它……"他说："不画了，用不着了，谁也别想拿去乱盖！"那么珍贵的文物，为了防范赝品行世，吴冠中破釜沉舟。

多么睿智刚烈的老人啊，不愧为画坛的"鲁迅"。他一生崇拜鲁迅先生，将鲁迅先生称为自己"精神的父亲"。

似乎看见一对白发老人，相伴着坐在路边的台子上，低着头，用力磨印章，磨掉大画家吴冠中的名字，那么果断、倔强、毫不怜惜。她一直默默陪伴他，在风雨中作画时陪着，磨掉印章上大画家的名字时依然陪着。"愿得一心人，白首不相离。"他老了，画不动了，没必要留着这些印章——

如果，年轻时的爱情，是春天陌上嫣然的桃花，灿烂地燃烧着，漫天遍野，无限沉迷。那么，暮年时的爱情，就是秋天原野里盛开的棉花，质朴无华，无香无味，朴素暖心。

棉，在天是云，在地是花。

漫长的一生，温暖我们的除了棉花一样的亲情、爱情、友情，还能有什么？

点评

本文分别写了祖母手中的棉花、齐白石笔下的棉花、吴冠中如棉花一样的爱情，那份爱情质朴无华，无香无味，朴素暖心。文章层层递进，行云流水，温情款款，有音律之美。

遥远的童话

我童年记忆中的奶奶，将满头的银丝在脑后挽成一个髻，干净利落。穿着一件月白色的褂子，一双小脚，走起路来，颤颤巍巍，她常坐在院中的木凳上做针线活。暮春时节，院中的合欢花开了，粉红色的，像落满了天上的云霞，花瓣不是花瓣，是无数细密的丝线。午后起风了，落花香满衣，奶奶还坐在花树下忙碌着。有时候，她抬起手臂，在白发中篦一篦针。

当围墙边的桃花开了，奶奶就忙着在灯下挑选鸡蛋。我知道，奶奶要让母鸡们孵小鸡了。几只母鸡兢兢业业的，每天轮流蹲在窝里孵蛋，我有时蹲在鸡窝前偷看，它们发现我，一瞬间伸直了脖子，脖子上的毛都立起来了，眼睛瞪得大大的，生怕我偷走它们的孩子。奶奶说，母鸡可厉害了，你不要惹它们，小心母鸡叼你的手。二十[illegible]天后，小鸡出窝了，鹅黄色的小绒球，滚了一地，像一群刚刚学步的小娃娃，还走不稳，稍不留神就摔倒了。我拿着小竹竿，整天守着它们，不许它们跑出院门。因为，邻居家的大黑狗最喜欢吃小鸡了。

清晨，阳光温暖地照着，我和奶奶去田里除草，手上挎着小竹篮。山坡上开满缤纷的野花，一群羊儿正在山坡上吃草，似朵朵白云落在碧绿的山坡上。一只小羊羔冲我跑来，跌跌撞撞，它刚刚长出一对小角，像两颗黑葡萄，我忍不住想伸手摸摸它的小角，是软的还是硬的呢？它的眼神纯净而忧伤，粉红的嘴巴刚刚吻过青草。我提着小竹篮，满山坡疯跑，一会儿摘牵牛花，一会儿忙去追蝴蝶，小羊"咩咩"叫着一直跟着我。奶奶在身后唤我的小名，不要跑远了。

小院里还住着伯父一家，伯父家有我三个姐姐。我时常跟着她们，她们去田里除草，我却到处游荡。其实，我最喜欢的事，就是跟着姐姐们去看电影了。傍晚，三个姐姐相约去邻村看电影，她们小声悄悄计划着，怕被我听见。可是，我还是躲在门后偷听到了。奶奶："我要和姐姐们一起去看电影。"大姐说："路远着呢，天太黑，你不能去。"我生气了，嘴巴翘得老高，能挂一个油瓶子。我拽着奶奶的衣襟央求着:“奶奶,姐姐们去看电影,她们都不要我。”奶奶发话了:“带着娃娃去吧,她不让你们背,又不让你们抱的。”我连忙说,我保证,看电影的时候不睡觉,不让人背。姐姐们只好答应了。

田野里一片月光,玉米长得比人高了,像一道绿色的屏障。清辉满地,虫声唧唧,像是月光下的大合唱。我心里乐开了花,姐姐们牵着我的手,走得快极了,我一路小跑,才能跟上她们的脚步。不一会儿到了邻村的打麦场上,看的电影是《闪闪的红星》,歌曲《小小竹排江中游》真好听啊!可是电影看不到一半,眼皮开始打架了。不知不觉,我依偎在姐姐怀里睡着了,三个姐姐轮流背我回家。月亮在云朵里露出笑脸,偷偷笑我,电影看不到一半就睡着——

冬天夜晚的大雪总是无声无息地降落。清晨,推开门窗,就看见一个冰清玉洁的世界。奶奶每天清晨起得很早,在厨房里忙着生火做饭。小木桌上摆放着一碟鸡蛋软饼,一碗金黄的小米粥。我看奶奶忙着烧火,先偷偷吃了几块鸡蛋饼,真好吃。奶奶一抬头看见碟里的鸡蛋饼少了,也不训我,她的脸上盛开了一朵菊花。

我坐在暖和的土炕上翻看娃娃书《鸡毛信》《朝阳沟》《小二黑结婚》《草原英雄小姐妹》——其实我一个字也不认识,只看图画,但故事情节大概都懂了。我问:“奶奶,这书为啥叫娃娃书?”奶奶说:“唉!就是给娃娃们看的书嘛。”我觉得奶奶说得对!冬天的清晨总是静悄悄的,就听见公鸡站在院墙上“喔喔”的鸣叫声,花猫跟在奶奶脚下“喵喵喵”的叫声,奶奶拉着风箱烧火做饭的声音,干树枝在火中燃烧时发出的“噼啪”声响,锅碗瓢盆相碰撞的声音,大哥在院中扫雪的声音,这就是我童年记忆里冬日的清晨。

雪停了,太阳露出了笑脸,金线似的阳光透过雕花的窗棂照进屋里。我趴在窗棂上向外张望,一群鸡鸭在屋檐下“叽叽呱呱”地聊天,灰麻雀们在雪地里蹦蹦跳跳地找食物。于是,穿好棉袄、戴上围巾去找小雅,准备一起在院子里堆雪人。不一会儿,那个小雪人就挺着红萝卜的长鼻子,瞪着黑玻璃球的眼睛看着我们了。小雅问:“你看雪像不像白糖呢?”我说:“尝一口不就知道了!”我抓了一块雪放在嘴里,真甜,真像白糖一样甜。

我一直以为,一个孩子曾在乡间度过无忧无虑的童年,他的幼年和月光、桃花、蚂蚁、蝴蝶相依相伴着，是一件多么幸福的事。他如同乡间的一棵小树，被纯净的空气和阳光滋养着，被春风吹拂着慢慢长大，他的一生与大地有着不能割舍的情感。可是，如今住在高楼大厦里的孩子，远离了花草、小鸟、溪流、田野，生命的开蒙之初，将失去多少大自然给予的乐趣和诗意。

去年清明，我回故乡为奶奶扫墓。原来的小村庄废弃了，整个村庄搬迁后重建了新村。我家院中的合欢树，村口的波光粼粼的池塘，都不见了。只有残缺的围墙上还留着20世纪70年代的标语。萋萋的野草淹没我童年上学的小路，淹没了我故乡的容颜。原来，支撑我对故乡的记忆的，是一井一石，一树一屋。可是，如今的新村楼房林立，仿佛一个经过整容的人。

我焕然一新的故乡，让我的记忆如同谎言。

暮色沉沉时，白鹿原上的小村庄夕阳西下，倦鸟归巢，满目苍凉。他仿佛一位风烛残年的老人，沉默寡言，了无生机。任时间的洪水悄悄漫过，漫过他深深的皱纹，漫过他苍老的容颜，只留下荒芜颓败，断壁残垣。

我只有以一支笔，过滤岁月的尘埃，穿越漫漫光阴，寻找我民风淳朴、贫瘠高贵、神态安详、桃花遍野的故乡。

一位写作者一生寻找的，原来是精神世界的故乡。

我的童年宛如童话一般美好。

点评

本文写童年记忆中的故乡和祖母。一个人生命的底色永远是在童年画出的，那么温暖、柔和、明亮。一位写作者一生寻找的，原来是精神世界的故乡。写作需要技巧吗？其实，再娴熟的技巧都抵不过文字里的一份真情。

秋天:书的故事

(一)

黄昏的时候,我和母亲坐在客厅沙发上说话。母亲谈到我的书,目前,我的第一本散文集。几天来,年迈的父母清闲的时候,常常戴着老花镜,低下花白的头一字一句读我的书,认真而有耐心。我的内心其实很不安,我没有想到,父母在暮年的时候,能细心读我写下的文字。而在他们的面前,不论我的年龄有多大,我永远是个长不大的孩子。我怕自己做得不好,我怕自己的文字不能让父母满意。

母亲说:"我读了你的书。"母亲停顿了一会儿。我忐忑不安地听着,像小时候考试完之后,等待做教师的母亲点评一样。母亲说:"我感觉你的文字有些伤感。"

只有母亲这样了解我,说到我的痛处。母亲所说的伤感,是我文字深处的疼痛,是我心灵的伤痕。我知道母亲心中的伤痛,我写给妹妹的文字,写给英年早逝的表姐的文字,我写给记忆中祖母的文字,我写给拙于表达情感的母亲的文字,我写给慈爱的父亲、写给亲人的文字,都让母亲心疼。

我长大了,我在父母面前很少触及情感的话题。我把生命中最深的情感都埋藏在文字里了。可是,无论我埋藏得有多深,都被母亲看见了。母亲看见了,看见了我为文字所受过的苦和煎熬,看见了我这些年不肯放弃的坚守和努力,还有我埋藏在文字中的深沉的爱和情感。母亲心疼我,懂得我,只因我们彼此之间的关切都来自心灵深处的爱。

（二）

我剩下的一部分书，就放在父母的储藏室里。前几天下了雨，我去储藏室里看看，发现几包整齐堆放在柜子上的书，又被父亲一包包抱下来，散放在了床上。那个柜子靠着墙立着，父亲说，下雨了，靠着墙放书，怕书受潮了。我的心里荡起一波波温柔的潮水。

原来，我的书在父亲心里是如此珍贵。我似乎看见父亲弯着腰，低着花白的头，用力地搬动那些书的背影。父亲就是用如此朴素的方式，表达他对我的疼爱，对我文字的珍视。

（三）

读作家帕慕克写的《父亲的手提箱》，他这样写道：父亲去世两年前送给我一个手提箱，里面装着父亲二十五年来的手稿和笔记本。父亲说，等他走了以后再看。两年之后，父亲去世了。父亲走后，我围着箱子转了几天，却碰都没碰一下，这个箱子承载着我的童年和过去的记忆。可我现在却不能碰它一下，为什么，当然是因为其中沉重的内涵。沉重的内涵，这是一个人把自己关在一个房间里，坐在桌子前，完全把自己投入自己的思想表达中，这正是文学的意义。

这是获得诺贝尔文学奖的作家帕慕克笔下沉重的内涵，也是一位写作者内心的独白。每位写作者都是在用血液和汗水写下一行行文字。真正的文字都浸透着泪水和血液，像蚌壳中蕴含着的颗颗珍珠。

帕慕克的父亲走了，留给他的是一箱手稿，也留下父亲对文字的挚爱。两代人因为文字结一段尘缘，是多么美好的事啊。在时光的河流中，也唯有文字和爱，能活过光阴、岁月和未来。

（四）

我和一位作家朋友聊天，他谈到了作家路遥。有一年，作家路遥来到小城。

他和一些文友前去看望路遥。路遥为文友讲述了小说《人生》的创作过程，讲着讲着，他就趴在桌上哭了起来。台下听着的文友们一时间不知所措。

我听着听着，内心一阵难过和酸楚。作家是将自己的情感、血液、生命融进作品中了。这位呕心沥血的作家，他写完《平凡的世界》之后，写下了随笔《早晨从中午开始》。我从中看见了作家真实的、艰难的、令人心酸的生活。他那时在一座偏远的煤矿开始了《平凡的世界》的创作，而他的生活和饮食简单到只有几个馒头和一碗没有油水的饭菜。

他写道："每天中午吃完两个馒头一碗稀饭，就像丢下襁褓中的婴儿一样匆忙地赶回工作间。在准备当天工作的空当，用电热杯烧开水冲一杯咖啡，立刻就坐下工作。晚上吃完饭，要带两个馒头回来，等凌晨工作完毕上床前，再烧一杯咖啡，吃下去这说不来是夜宵还是早点的两个冷馒头。后来，晚饭后得多带一个馒头，原因是房间里增加了'客人'。"

作家路遥笔下的这个"客人"其实是一只老鼠。

而这只老鼠竟成了那个孤独世界里，作家唯一的朋友。这就是透支生命的作家写作时最为真实的写照，这样的文字，一点一滴敲打在人的心上，让每一位读者的内心酸楚和感动。写作是艰苦的，与之相伴的生活更为艰难、寂寞、孤苦与寒冷。

英年早逝的路遥，文字中饱含着青春的激情和人生的艰辛，饱含着对这个冷暖人世最真切的感受，也浸透着对这个世界与生活真挚的热爱。

真正的作家都是用生命写作的人，是蘸着血液写作的人，也是情愿为文字受苦的人。

点评

本文分为四个部分，每个部分各不相同，有故事，有随笔，有议论，有抒情，却都围绕着同一主题，使得文章饱满而有张力。

尘世间片刻的温暖

一

晨曦初露时，我在街上买了那位小姑娘的栀子花。洁白的花瓣还沾着露珠，将它养在盛满水的瓶中。

我坐在窗前翻开书的扉页，读到许广平在萧红去世之后，写的纪念她的文章。

萧红的文字清洌如呼兰河的水，寒冷中带着一丝暖意。看似淡然忧伤的文字，却充盈着勃勃的生机。她似乎不是在用笔写作，而是用血液和着泪水，来直白地写着牛车上的中国，她的文字涌动着底层人们蓬勃的生命力，还有对苦难的顽强抗争。

许广平写给她的文字，虽然是讲她们之间的一段友情，含蓄而委婉，但今天读来，却依然如鲠在喉。她写道：萧红特别喜欢去她家，来了，她就只好陪着，一坐大半天。一次，她陪着萧红聊天，鲁迅先生在楼上看书睡着了，毯子滑落在地上，而后大病了一场……她若能听见这样的话，那双黑亮亮的眼睛一定睁得大大的，不知道内心充满怎样的无奈和尴尬。在许多纪念鲁迅先生的文字中，我以为，萧红的文字最是深情感人，甚至超过先生的妻子许广平。我想，这与她的才华无关，也许，是她更懂得和理解鲁迅先生。

其实，她也只是一个孤苦无依的孩子，她只是一个没有家、没有温暖的女子，她向着鲁迅先生的一家，想要一点点尘世的温暖。

二

那一年，十九岁的女孩克洛岱尔遇见了雕塑家罗丹。

两个有着非凡才华的人注定要创造一段传奇的爱情。不知是爱情成全了艺术，还是艺术成全了爱情。这对恋人在相遇后的十年中，创作出一串串艺术殿堂里璀璨的星辰。比如，罗丹的《思想者》《吻》，克洛岱尔创作的《罗丹半身像》……

然而，在流光飞舞中，先是爱情幻灭了。有着家庭的罗丹一直和克洛岱尔保持着见不得阳光的爱情。在现实生活中，这样的爱情，只是沙漠中的海市蜃楼，只是泊在水中无根的浮萍，它随波逐流，没有生命。世上哪个女子不想要一份现世安稳、岁月静好的爱情？

清醒之后的克洛岱尔决然离开了罗丹，全力投入雕塑创作中。雕塑就是她生命全部的支撑。但是，人们只当她是罗丹的学生，她的成就永远笼罩在罗丹的阴影之下。其实，她从来都是一棵树，而不是一根紫荆藤，依靠他人的力量成就自己。内心独立的她以为在艺术面前，只有灵感和才华，没有性别，她以为在艺术面前一切都是平等的。可是这个生活在一百年前的女子，不知道当时的社会有多少属于女性言语与思想的空间。最给她致命伤害的，就是罗丹对她的作品的无情抨击。四十岁以后的克洛岱尔精神失常了，此后的几十年里，她一直待在精神病院里，直到她去世。

也许，对于克洛岱尔来说，遭遇罗丹，幸与不幸，都是命中注定。

对于一些女子来说，才华有时是一把利剑，有的人用它将人生雕刻得精彩丰满，有的人却用它将自己的人生切割得千疮百孔。

我在温暖的阳光中伸出手去，触摸到刺骨的冰冷。

有一种爱，只要沉醉，不要清醒。

有一种人，像夜空中的烟花，只是为了片刻的温暖，尽情地燃烧自己。那短短璀璨的一瞬间，其实就是她整整的一生。

点评

本文以“温暖”为线索，贯穿全文。写孤独的萧红，向着鲁迅先生的一家要一份尘世的温暖，写克洛岱尔渴望一份爱情的温暖，令人感伤的故事，却有着震撼心灵的力量。

母爱如月

（一）

那年秋天，我到古城西安求学，十五岁的我，第一次离开温暖祥和的家。中秋月圆的夜晚回到宿舍，见桌上静静放着母亲给我的信，这是我有生以来，母亲写给我的第一封信，我竟不敢打开，不敢面对。

小心翼翼地打开信，母亲隽永苍劲的笔迹映入眼帘。一向严厉的母亲竟然在信中这样唤我："我亲爱的孩子，你从小天资聪慧，一直都是妈妈的骄傲。"我要强的母亲，对一切人和事追求完美的母亲，我拙于表达感情的母亲，终于说出，我是她一直以来的骄傲。我坚持着，以我的倔强和孤傲，从不肯放弃地努力着，我似乎就是为了等到她这样的一句话。我所做的一切，好像就是为了向她证明我自己。

那一刻，我抬起头望着窗外，明月如镜，照不见我至亲至爱的人。想起余光中的诗句："乡愁是一枚小小的邮票，我在这头，母亲在那头。"一时间，泪如泉涌。

我自小在祖母身边长大，直到上小学的时候才回到母亲的身边。我的母亲，不仅是一位优秀教师，她的严厉更是出了名，学生没有不怕她的。年幼的我，也像她的学生一样，心里对她充满了敬畏。我从未在母亲面前撒过娇，甚至没有主动去牵过母亲温暖的手。我在她面前保持了一个年幼的孩子不该有的矜持和冷漠。童年记忆中的母亲，有一双美丽清澈的大眼睛，可是，每当我做错了事，或是没有取得优异的成绩，母亲凌厉的目光就像箭一样射过来，令我无地自容。

可是，那一晚，这轮曾泊在李白酒杯中的月亮，这轮曾照着杜甫乐游园的月亮，这轮曾泼洒在灞桥柳枝上的月亮，这轮曾拂过陶渊明廊前菊花的月亮，竟有了别样的温情。母亲啊，那一晚的月光，是你柔情如水的目光洗过我荒凉孤寒的心灵。

（二）

我的森儿七岁了，这个假期要和他的爸爸回老家。他对我说："妈妈，我要带着那块白石头回去。"什么白石头？他从衣袋里掏出来放在小小的手掌心。这块圆圆的石头一面刻着我的小名，另一面则刻着"一生平安"。那是十多年前，母亲去外地旅游带给我的。我不知道，这个小人儿是从家里哪个角落翻出来的。

也许，有的爱，永远都藏在我们身边的一个角落，如同盈盈的月光铺满我们心灵的每一寸空间。我们谙熟于心，触手可及，却常常熟视无睹，以为它永远都在，而在光阴的河流中，它渐渐被忽略了，被遗忘了。

我问："为什么要带着它呢？"他说："想妈妈的时候，拿出来看看。"

我的眼睛一瞬间湿润了，我抱紧他，我小小的男子汉。

唯一能和岁月抗衡的，大概只有爱了。是谁说过，幸福——是你爱的人就在你身边。有母亲在我身旁，我是幸福的。有亲人在我身旁，我心中的月亮永远皎洁明亮。

点评

题目是文章的眼睛，本文以月亮为线索，从别致的角度，用清丽温情的语言，抒发了三代人之间的母女、母子深情，行云流水，感人至深。

第五辑　爱的天堂

有时，我们内心的感动来自音乐对心灵的一次次震撼和洗礼，它像月光一样，给我们的心灵以抚慰和光亮。听好的音乐，像沐浴在皎洁的月光里，心灵一瞬间变得洁净透明，我们的心灵仿佛照进一轮明月，洒进一片星光，更像在用耳朵喝酒，沉醉不知归路。

人生最美的书写

我六岁起，在父亲的陪伴下练习书法，临摹柳公权的《玄秘塔碑》。

初夏，故乡小院里的合欢树花满枝丫，仿佛落满了天上的云霞。树下，一张小桌上摆好笔墨纸砚，幼年的我，正襟危坐，一只小手慎重地握着毛笔。父亲站在我身后，用温暖有力的大手握着我的手，一笔一画，一撇一捺。我凝神屏息，一丝不苟，仿佛在书写自己一生的命运。父亲教我写的字是一、人、大、小……

一阵晚风吹起，小伞般的花儿落在书桌上，落在我的小辫上。我一抬头，就看见儒雅的父亲戴着一副眼镜，温和地看着我，看我认真习字的模样，注视着他瘦小的女儿一天天地成长。

父亲对我说，练习书法，记住几句话：习字如做人，不得潦草，不能慌张，更不能肆意涂抹；习字能磨炼一个人的意志和静气，习字的人就像一个练武之人，比的是内力。书写时气息不能断，提笔就要一气呵成，落笔无悔。

如今回想父亲的话，那些话不仅是在解读书法，而是在解读人生。

记得童年时，父亲常带我去的地方不是我喜欢的公园，而是西安碑林。因为父亲那时在西安南郊上班，离西安碑林不远，而我正在学习书法，父亲想让我自幼就能沐浴在古老文化的芬芳里。

那些风轻云淡的日子，父亲牵我漫步在古木参天、庄严肃穆的千年庭院里。我们悄然走在石碑之间，用心阅读着一块块虎踞龙盘的石碑，就像阅读一本本厚重沧桑的历史大书。父亲指着一块石碑说，这是你练习的唐代柳公权的《玄秘塔碑》。父亲说，柳体端庄挺拔，沉稳端然，风骨俊秀，古人说“颜筋柳骨”就是这个意思。在另一块石碑前，父亲站立良久，碑文我看不懂，这是谁写的呢？我问他，父亲说，这是于右任先生的草书。古人说，草书如名将，于先生的草书洒脱豪迈，雄健奇伟，如同驰骋沙场的大将。他是我们陕西人，可惜他八十岁病故异乡，再也没能回到他魂牵梦绕的八百里秦川。于先生去世前写过一首诗：“葬我于高山之上兮，望我大陆；大陆不可见兮，只有痛哭。”父亲的声音在春风里有些嘶哑，我幼小的心灵被书法家于右任的乡愁深深打动了。

父亲说，汉字之美都在书法里。楷书如文人，秀逸端正，别有风骨。如今，我才渐渐理解父亲的话，方正的楷书，是穿着一袭灰色长衫的中年男子，端正从容，疏朗俊逸，收敛了青年时的气焰与锋芒，不张扬，不浮华，内敛含蓄，风骨清奇。端端正正的汉字，庭院深深深几许，它充满了汉语的玄妙和美感。它不枝不蔓，中规中矩。只有懂得规矩和节制的人，才能有完美的人生。

年岁渐长，才觉得书法里最难写的字，莫过于笔画简单的“人”字。每个人的漫漫人生，最难做的也是“人”啊。书法里除了“人”字难写，还有就是“一”字。人要能做到坚守自己，不偏不倚，表里如一，不忘一颗初心，该有多么难得。

书法是什么？是以竹和兰的身姿，书写尘世的情意。一字一乾坤里，皆是人间的贞静和端然。

小时候习字的经历，在我成年之后渐渐显现出其意义，因为习字的十年，让我懂得持之以恒、苦心磨炼的含义。那些传统文化的熏陶，滋养了我日后的写作。冥冥之中，仿佛一切都是父亲安排好的。多年后，我用父亲握着的手开始写作，给各大报刊写稿。不知不觉，我成了终身写字的女子，从懵懂的童年到人生的中年，我渐渐明白，在喧嚣的尘世间，只有沉稳静气的人，文字才能做到简洁不芜，端正开阔，洁净温情，不随波逐流。我以为，只有忠实于自己内心的写作才有意义。

对于如今的我，任何一种书写，都是一种修行。

现在是电子信息时代，汉字的美感和雅趣正渐渐远去，经常书写的汉字都沉睡在电脑里。“秀才提笔忘了字”的尴尬，时常出现在生活里。是否有一天，我们提起笔，甚至不会书写自己的名字？

前些天，在家里的书柜里找书，忽然看见父亲的书法，写在两本包着书衣的书上，一本是巴金的《家》，另一本是梁思成的《中国建筑史》。我抚摸着父亲苍劲隽永的字迹，眼泪夺眶而出。父亲，光阴走了，您也走了，只有您留下的书法还在。

可是，不论我年轻儒雅的父亲，还是我白发如雪的父亲，您从来都是我心灵的故乡。

父亲,我用您留下的笔墨纸砚,教我幼小的孩子学写书法,教会他的第一个字是“人”字。因为,是您握着我的手,教会我人生最初学写的第一个字,也是您,教我一生好好做人。一代代的中国人,就是依靠汉字的书写,传承汉字之美和人间真情。

您离开我一年多,回想您教我习字的时光,心里竟没有多少孤苦和伤悲。父亲,每当我提笔书写的时候,仿佛您还站在我身边,慈爱的目光一直看着我,鼓励我,督促我,令我不敢懈怠。那些我生命之初最美的书写,珍藏在记忆里,温暖漫漫人生。

点评

文中写童年时父亲陪伴作者练习书法的事,看似写事,实是写人,写对父亲深切的怀念和追忆。父亲说:“习字如做人,不得潦草,不能慌张,更不能肆意涂抹。”父亲耐人寻味的话语,不是在解读书法,而是在解读人生,引起读者思考和心灵的共鸣。

光阴素描

秋凉如水的夜，翻开诗人席慕蓉的诗集《时光九篇》，看见扉页上我写下的字迹，一笔一画，稚嫩，清秀，端正，一如年少的自己。那是我第一次读她的诗歌，如仲夏的夜晚，天空湛蓝，繁星满天，我站在故乡的原野上看星星，任凭文字的星光将我覆盖。

她的诗，纯净而清雅，似湖中亭亭出水的一朵白莲。好诗如知己，仿佛是你心里埋藏多年的一句话，只是诗人替你说出来。正是“为赋新诗强说愁”的花样年华，课余的时光都给了她的诗歌。她的诗扎根在一个女孩的心里，如同怀揣一段不为人知的爱情，静寂地，隐秘地，寂寞地盛开。我时常随身带着那本薄薄的诗集，默念着，欢喜着。她的诗歌引领我走进文字郁郁葱葱的丛林，我奔走其间，乐此不疲。

她的诗歌更多是写青春、生命、时光、爱情、忧伤，它们如同一只只黄鹂站在诗人的窗棂上鸣叫。她怀着一腔柔情，随手写下一行行短句，流淌着时光的怅惘、爱的忧伤、乡愁的悲凉，充满诗性之美。

席慕蓉的故乡在内蒙古，她六岁时离开故土随父母到了台湾。然而，她写故乡的诗温和、静美，意味悠长，犹如一曲蒙古长调，有着草原一般的苍茫、大河一般的惆怅。她写道：“请为我唱一首出塞曲，用那遗忘了的古老言语，请用美丽的颤音轻轻呼唤，我心中的大好河山。”

“月亮出来的时候，如何照我塞外家乡？”让我想起画家东山魁夷的《月唱》。静寂的夜，深蓝色的夜空挂着一轮橘黄的满月，月光并不明朗，月下是淡蓝的山峦、丛林、湖水、草原。湖水中泊一轮昏黄的月，山川静寂，心灵安然。月夜里隐隐传来清远的笛声，如果，故乡是一轮满月，无论游子离别故乡多少年，那轮月亮总是盈盈地照着，照着游子的心灵，照着草原千里，照着塞外故乡。

诗人是世界上最具灵性的人，诗歌是一条流淌在诗人心底的河流，顺着光阴、岁月、季节流淌而来，诗人做到了只是倾听内心的声音，静静地书写。

如果说，时光是最大的秘密，让诗人如临大敌，命运同样是最大的秘密，让你我辗转其间，同样如临大敌，却又无能为力。

“余生将成陌路，一去千里。在暮霭里向你深深俯首，请为我珍重，尽管，他们说，世间种种最后终必，终必成空。”她笔下的离别，不同于柳永笔下“执手相看泪眼，竟无语凝噎”的凄切伤感，不同于小山词中“从别后，忆相逢，几回魂梦与君同”的缠绵。她笔下的离别，有着薰衣草淡淡的忧伤，挥之不去，忘却不了，梦境一样的迷离。让人想起长着香樟树的渡口，一叶孤舟，含泪的眼眸，水边亭亭玉立的女子，离别的箫声……

青春的美好与珍贵，在于它的短暂和无瑕，在于它稍纵即逝，永不再回。爱情的美好，也正在于此。

让岁月深埋于泥土长成珍珠，将爱情深埋于光阴凝成琥珀。

诗歌不是顺着时针而唱的，它总是逆着时针的方向，总是追回年少时的内心，想起那场爱，那一场离别。“可是，不眠的夜，仍然太长，而早生的白发，又泄露了我的悲伤。”古人说，谁知相思老，玄鬓白发生。美与痛从来都是紧密相连，爱与痛同样血肉相连。可是，年轻的我不曾知晓。

沿着诗歌的脉络，我看见了青春的时光。然而，我已被光阴的洪流一点一滴地淹没，寻找到的，只有你的诗歌。时光似一位睿智的长者，他告诉我，曾经的我，永远回不去了。

我写给诗人的只有一句：光阴走了，唯有诗还在，还有青春、流年、光阴和爱。你的诗歌在时光深处静静看着我长大，等我回眸，等我以一支笔，描绘青春的模样，描绘爱情的模样，描绘光阴的模样，好让我一生不会忘记。

点评

写读书随笔，其实是“采千朵花，酿一滴蜜”。文章以清丽的笔触，表达对席慕蓉诗歌的感悟，冷艳妩媚，充满温情忧伤，彰显了作家独特的语言魅力。

我看《小团圆》

枯叶飘零的深秋，读完了张爱玲的遗作《小团圆》，这是她唯一的自传体小说。我有她大部分的作品，这一本当然要珍藏。《小团圆》的封底设计得很喜气，大红的底色，铺满凤凰和牡丹，象征人世间的喜庆团圆。

一个人的气质，与她文字的气质相互吻合的，并不多见。在大家中，我以为，张爱玲算一个，沈从文算一个，钱锺书算一个。利剑般的文字，闪着寒光，一颗心为爱所伤，郁郁难言，最后都留在文字里，开出隐忍、静寂、淡然的花朵。

她的小说风骨犹存，一贯的语气和脉络，熟悉的文风，犹如一位饱经沧桑的老人，虽然老了，火气渐消，但眼睛里竟然还有凛然的寒光，让人不免多看几眼。她有一支写短篇的妙笔，一出手就字字珠玑，散落一地，让人应接不暇。这部长篇小说除了开头琐碎冗长了些，其他都好，但是并不影响我对她的喜爱。

她若是还活着，该到了做外婆的年纪。我们这一代人是被她的文字喂大的，读着那些文字，就仿佛站在大雨里看天，忘了撑伞，让文字的甘霖将我覆盖。她写道："那痛苦像火车一样轰隆轰隆一天到晚开着，日夜之间没有一点空隙。一醒过来它就在枕边，是只手表，走了一夜。""在马路上偶然听见店家播送的京戏，唱须生的中州音非常像之雍，她立刻眼睛里汪着眼泪。"这是小说中年轻的盛九莉思念她的恋人邵之雍。"思君如满月，夜夜减清辉。"只有深深爱过的人，只有曾经望穿秋水的人，才写得出让人心痛的文字，那些文字是从含泪的心中流出的。爱原是一朵青莲，它的心是清苦的。

这部小说，再现了她的生活。有她的亲人，姑姑、母亲、弟弟，还有恋人，也有她其他作品的影子，比如《倾城之恋》《私语》……这本小说更接近她的生活。她拨开生活温情美好的面纱，刺到人性冷酷真实的一面。可是，生活的真相往往比小说的结局更残酷。生活的真相是大冬天口里含着的一块冰，寒冷透彻心肺。

清高孤绝的女子，一直昂着头。在她中年的时候，却如空中高飞的大雁，收拢了翅膀，落到了尘埃中。那次她病了，一个人去美国的一家医院排队就医，整整大半天都等不到医生。她辛辛苦苦写出的书稿，所赚微薄的稿费给赖雅治病，赖雅瘫痪在床，一病六年。生活的苦楚和艰难被她一点点咽下，除了咽下，还能怎样？人只有到了中年的时候，才渐渐懂得认命、惜福，有了一颗隐忍、自省、敬畏和悲悯之心。

她晚年时没有将《小团圆》拿出来发表，是对的，少了听闲言的苦恼。如今，是非恩怨任人去说。她走了二十几年，再读她的作品，犹如站在廊前观雨，看文字的雨滴一滴滴落下，化作颗颗晶莹的珍珠。我在她的文字里看见她的一生。她喜欢杜甫的诗句："怅望千秋一洒泪，萧条异代不同时。"无言的悲欢，流淌在光阴里。人生的喜悦团圆有吗？它不在文字里，不在尘世里，只在梦里。

有人说，张爱玲的文字受《红楼梦》的影响最大，一部《红楼梦》开启了张爱玲一生的梦想。

我说，作家是一只春蚕，将吃进去的桑叶，一点点吐出来，结成蚕茧。茧子越结越大，越来越洁白如雪，她也就将一生耗尽了。所谓写作，是她用自己吐出的丝，织就的一件件云裳，也用尽了毕生的力气和光阴。

她的文字沉浸在流年里，被她一颗颗拾起，穿成一条珠链。读者一颗颗揣摩着，迷恋着，舍不得放手。我也是。

点评

本文的题目就如女孩的眼眸，吸引读者的关注。作者深深懂得才情非凡的张爱玲，她告诉读者：作家是一只春蚕，吃进去的是桑叶，吐出的是缕缕情丝，织就一件件作品，也用尽了毕生的力气和光阴。

一生只做好一件事

他的一生就是一个传奇。

一个农家出身的孩子，只念过半年私塾。少年时拜师学做木匠，他的木雕，喜鹊登梅，松鹤延年，花开富贵，栩栩如生，深得众人喜爱。过年时，他为乡亲们画门神，惟妙惟肖。做完了木工活，就捧着《诗经》《论语》看个不停，他读书痴迷得忘了挑水、砍柴。白发的祖母看见了，就唤他："阿芝，吃饭活命要紧，哪见文章锅里煮？"那时他年仅十四岁，还是一个小少年，却要挑起一家人生活的重担。有时，收工回家的路上，累了，便坐在清清的池塘边洗脚。那时，正是暮春时节，池塘边的垂柳在春风里跳舞，他将脚伸进水里，一群透明的小虾游来在他的脚边嬉戏，他痴迷地看着水中欢快的小虾，忘了回家。

他是谁？他便是大师齐白石。

我喜欢白石老人笔下的瓜果菜蔬、鱼虫虾蟹，世间任何一种植物、小生物他都能入画，透着尘世生活的烟火气与喜悦，洋溢着寻常人世的一股暖意。

在那幅《他日相呼》中，画上有两只毛茸茸的小鸡，正在争抢一只蚯蚓。两只小鸡紧紧咬住蚯蚓，都不松口。一直不懂得这幅画为什么题为《他日相呼》，后来才恍然明白，原来两只小鸡何尝不是两个小孩，为抢夺好吃的食物动起手来，争得面红耳赤，打得不亦乐乎。不一会儿，雨过天晴，俩人又和好了，如小鸡一般挤在一起叽叽喳喳说个不停。他的画酣然淳朴，有一颗天真未泯的童心。

白石老人暮年时，笔下的虾越发鲜活，栩栩如生，犹如一群漫步清流的小虾，一不留神游到了纸上，灵动至极。一支笔，一点墨，寥寥数笔，极简极淡，就能将晶莹剔透的小虾画得如此灵气而传神，也只有中国的水墨画能做到吧。他笔下的虾，虾身只有五节，现实生活中根本没有，真实的虾身是六节，为什么只画五节呢？因为，他认为五节的虾身比例好看，更美。正是白石老人常说："作画妙在似与不似之间，太似为媚俗，不似为欺世。"是的，任何一种艺术，要达到出神入化的境界，从来不是轻松自如、信手拈来的。如他所说，余六十年来画虾之功夫若磨剑。铸剑者十年磨一剑，他画虾细细观察、揣摩，苦练了六十年。他还说："作画要形神兼备，不能太像，太像则匠气，不像则妄。"可见，写作和作画一样，文字不能匠气，匠气就缺少空灵和鲜活之气，没有了飞翔感。好文字从来都是云端上的燕子，似清风拂面，陌上桃花，清新自然。

白石老人与老舍先生是一对忘年交，情谊深厚。有一年过春节，老舍先生引用几句古诗，请九十岁的老人照诗作画，其中一句便是清代诗人查慎行的诗句"蛙声十里出山泉"。要用视觉形象来表现诗的意境，大概是作画最难的。思考良久后，老人的画作终于完成了。画上一条涓涓清流自山谷中流淌而来，溪流中有几只黑脑袋、小尾巴的小蝌蚪，它们欢快地嬉闹着，顺流而下。虽然不见溪水中有一只大青蛙，却让人置身蛙鸣阵阵、稻香遍野的田间，溪水潺潺，鸟语花香，想起"稻花香里说丰年，听取蛙声一片"，诗情画意，余韵袅袅。不由得让人惊叹，画中逸品，并不是无声，它有声有色，静中有动。

老舍先生出的另一道难题，便是赵执信的诗句"凄迷灯火更宜秋"，且看白石老人如何在画中表现秋意弥漫、秋风萧瑟的。画中只画了一扇小窗，窗内桌子的一角上放着一盏油灯，油灯的火苗倾斜着，是凄冷的秋风从窗外吹进来，火苗忽明忽暗，仿佛等待的人一颗不安分的心。忽然，从窗外飘入一枚红叶，是远方的亲人托秋风捎来的信笺吗？秋风萧萧的夜里，等待的人久久不能睡去，点着一盏灯火，等他归来。让人想起《红楼梦》中的诗句："秋花惨淡秋草黄，耿耿秋灯秋夜长。"思念的秋夜有着说不尽的凄凉。

诗情和画意紧紧缠绕，浑然一体，让人分不清先有诗，还是先有画，仿佛诗人几百年前的诗句，是为白石老人的画而题的。

古代文人最喜欢的"四君子"与"岁寒三友"是被历代画家反复描绘的素材，它们被文人用来表达自己高洁、孤傲、冷寂的内心，彻底绝了尘世的烟火气。而白石老人打破了历代文人画的传统，他一反常态，以果蔬鱼虫、树木花草入画，平易质朴，生机盎然。不论是柿子、丝瓜、葫芦，还是蜘蛛、螳螂、乌鸦、春牛、肥猪，他都拿来入画，大俗大雅，弥漫着对天地万物的敬意。他的画，千变万化，异彩纷呈，无一雷同。世间点滴都在他的笔下，传达他于万物深深的情意。

白石老人常说“我行我道”，是的，艺术从来都是另辟蹊径，我行我素。沈从文先生说：“一切作品都需要有个性，都必须浸透作者的人格和感情。”是的，有的人跟在前人的身后，吸收进去的都是泡沫与浮尘，有的人却踩在前人的肩上，摘到了云朵。

白石老人曾题画云：“白石老人心闲气静时一挥。”沉静、寂寞、闲逸，是艺术创作必需的气质。他是一个远离功名浮躁、亲近自然和泥土的人，他的心沉浸在画里，在草木山水之间。

任何一种艺术形式都来自尘世，唯有对尘世怀着深深眷恋的人，才能如此细腻传神地表现俗世之美、自然之美。大师从来都是赤子，也只有赤子深情地爱着，爱着尘世美好的一切。

有的人，一生只做好一件事。他的一生仿佛是为画而生的，一活就是近百年，留下那些传世的杰作，走了。

他把一生放在画里，用漫长的近百年岁月，结一个果。

点评

本文品读了齐白石的画作，简静清淡，舒展自如；也解读了白石老人的一生，他把一生放在画里，用漫长的近百年岁月，结一个果。

枯 叶 蝶

没有谁不怕岁月的风霜爬上额头,而老去,是光阴给人类的归宿。就像秋风中的树叶,回归大地一样。

读一首诗:“心里装着她,老去,老去又能怎样。”心头一颤,快要滴下泪来。

我们每个人都会老去,老成光阴中一片晶莹的雪花,冰凉的,冷寂着。老去,几乎是每个人都怕的,没有人不怕朝为青丝暮为雪的时光。

而有些人老了,老成时光深处的一只枯叶蝶。那不是一片枯黄的树叶,而是一只张着翅膀的蝴蝶,停留在岁月深处,风姿翩翩,从容优雅。

法国作家杜拉斯的暮年,她的名字已经漂洋过海,《情人》被翻译成三十二种语言,读者更是不计其数。她常常戴着一副宽边的黑色眼镜,身披一件红色的大衣,穿一条黑白相间的格子短裙,指间燃着一支香烟。她和雅恩·安德烈亚挽着手臂,旁若无人,谈笑风生地从大街上走过,引得路人注目。

她的写作风格和电文式的语言被人模仿,甚至她的穿着打扮竟成了一种时髦,许多年轻女子也争相模仿。其实那一年,她已经七十岁了。她骄傲地说:“我身高一米五,但我属于全世界。”人们可以模仿她的装束和穿戴,却无人能模仿她的才华。

张爱玲晚年深居简出,她将自己埋在成堆的书里,完成了《海上花列传》等的大量翻译工作。如果说,暮年的她是寒冷而孤寂的,那么,她只有躲进文字里取暖。沉思,静默,书写一个人的孤独,在常人看来一定是凄凉的,但是,对于她,那又是安顿心灵的唯一去处。如果说,年轻时期的张爱玲是一位美丽时尚的女子,也不为过。她高挑而有个性,常穿着大袖长袍、桃红柳绿的衣裳上街。引得路人围观,她从不怯场,处乱不惊。有一年,她为出版小说《传奇》到印刷厂去校稿样,着装奇异,使得整个印刷厂停工。她依然我行我素,像一只悠闲的白鹤。她年轻时的一张照片,古典的旗袍,衣襟上镶着大朵的云头,纤细得不盈一握的腰身,她仰着头,骄傲地望着天空,神情薄凉,漠视一切。生就孤傲的女子,在二十岁时就已声名鹊起,红遍大上海。她像一束烟花,拼就二十年积蓄的才华一瞬间照亮了深沉的夜空。

晚年的张爱玲,像是空谷中的一枝兰花,悠闲自居。她从不接受任何媒体的采访,然而,花虽谢而风尤香。人们没有忘记她。

杜拉斯说过,一个人必须终身保持对爱情的喜好,因为爱情本身是这样的美好,它是生命中的琼浆玉液。暮年的杜拉斯,有雅恩·安德烈亚和她相伴十六年,谁说不是一段奇缘?她的晚年,像是一根燃烧过的沉香,火虽熄而炭尤暖。

那么,伴着书香老去,不失为一件风雅而美好的事。

她们有的是穿透岁月的苍凉之美,恒久之美。

年少时,我最不喜欢“花凋”这样的词。我就像大观园中的宝玉,不喜欢看落红翩翩,不喜欢看湖中残荷。《红楼梦》中有一回,众人游园,宝玉见湖中残破的荷叶说,这些破荷叶可恨,怎么还不叫人来拔去。黛玉听后不乐意了,说:我喜欢一句诗,“留得残荷听雨声”,偏偏你们又要拔去?宝玉听了,连说果然好句,以后咱们就别叫人拔了。

而多年以后,我渐渐懂得了花凋、残荷、枯叶蝶的美。老去,其实没有什么可怕。我希望自己的暮年,能心怀悲悯,缄守秘密,神情从容,姿态优雅地老去。

点评

写意的标题,别出心裁的作品,不是写蝴蝶,而是写人。以物喻人,形象生动,寓意深刻。

每一棵小草都会开花

阅读德国作家本哈德·施林克的《朗读者》,从萧瑟的晚秋一直到凛冽的寒冬。卡夫卡说,书必须是凿开我们心中冰封海洋的一把斧子。这本书就是那把斧子。它寒冷的力量,令心灵刺痛和震撼。

它是一本洁净的、庄严的、凝重的、严肃的、与生命有关的书,它更是一本关于爱和死亡的书。

书中以第一人称的叙述缓缓展开,弥漫着淡然忧伤的气息。那些身体的、精神的、愉悦的、感伤的、清新的、明丽的、暗淡的气息,引领你走进主人公隐秘的内心世界。

十五岁的少年米夏因患黄疸病在路边呕吐,三十六岁的女子汉娜遇见了他,把他带回家,照顾她。青涩而单薄的少年,依偎在她温暖强壮的怀抱中,米夏一瞬间就迷恋上她身上的味道和气息。

两个完全陌生的生命,是依靠什么,在茫茫人海中寻找到彼此?仿佛是靠着丝丝缕缕的感觉和气息。就如同茫茫人海中邂逅的那个人,眼神交会的一刹那,你寻找到自己渴望的、迷恋的、神往的、沉醉的气息,气味相投,气息相通,他的气息捕获了你,击中了你。

杜拉斯说过,一个人必须终身保持对爱情的喜好,因为爱情本身是这样的美好,它是生命中的琼浆玉液。爱情,永远是世间最致命的东西,令人无处可逃。

而后,米夏迷恋上了美丽成熟的女子汉娜,坠入情网。他们在一起的时候,不识字的汉娜总是要求米夏给她朗读一本本小说,有《奥德赛》《战争与和平》《阴谋与爱情》……文字的魅力就此击中了她,那些故事和他的声音一样美。迷醉在故事和米夏声音里的汉娜,徜徉在盈盈书香里的汉娜,是快乐而无忧愁的,令她忘却自己的往昔。

汉娜身上的气息和味道,就此囚禁了米夏的一生。米夏作为朗读者的魅力,也同样囚禁了汉娜一生。如果说，七年之后，囚禁汉娜的牢狱是真实的，那么，囚禁米夏一生的牢狱则是无形的。汉娜的味道和气息，承载了他对女人所有的幻想和情爱。

汉娜不辞而别，从米夏的生活中彻底消失了。一别七年，他们再次相见的时候，二十二岁的米夏已经是一名法律系的大学生，正坐在法院的旁听席上，听取一场审判。而汉娜却作为纳粹集中营中的一名看守，正在接受审判。站在审判席上的汉娜，没有说出自己是一个字不识的文盲，她没有说出那份报告不是她写的，如果她说了，她的罪行不至于会被判终身监禁。然而，她终于没有开口。

为了守护秘密，你能走多远？为了守护爱情，你能走多远？

汉娜在狱中表现良好，减刑至十八年。这些年，米夏将他朗读小说的录音磁带，一次次寄给她。汉娜开始按照他的录音，借来书，逐字逐句地读书、识字。几年后，开始给他写简短的书信：小家伙，上个故事很好……她活在他美好的声音里，活在往昔爱情的旧梦里，活在对他精神世界的依恋中，她在精神上一步步靠近米夏。可是，米夏从不给她回信，可见米夏对她的情感是有所保留的。米夏对她已经没有了爱，有的只是怜悯和同情。

爱情，是光阴击碎的一尊青花瓷，暗夜里拾起的，无非是往昔时光的吉光片羽，无非是斑斓华美的点点碎片。

这本书让我感到生命的寒冷、无助、脆弱，让人看见文字背后的隐忍和寂寞，为爱而忍受的孤单、屈辱与无悔无怨。

我忍不住一次次追问，真实的情感与什么有关？真正的爱，它不与坚不可摧的道德伦理有关，不与芸芸众生有关，不与大千世界的大地万物有关，不与年龄、境遇有关。爱情的魔力，可以穿越地域，穿越年龄，穿越时空，甚至穿越生死。

那些洁净、隐忍的爱，是黑暗的夜里燃起的一点儿光亮，汉娜用它来照亮心灵，用来温暖余下的生命。在暗夜里，他们能看得见彼此的眼睛。仰望爱情，守护它，如同守护一种信仰。还有多少人在追逐着爱情这样的信仰，用尽了一生的光阴？

之后，她在狱中学会了写字，她写过的诗句："从窗子里朝外望过去，我看到鸟儿怎样聚集在一起飞向南方。"

她的诗句是透亮的，晴朗的，没有阴郁和黑暗，那么干净的文字，像是出自一个孩童的笔下。文字是多么神奇的东西，让一位饱经沧桑与苦难的女人，保守一颗孩子般纯洁的心灵。为了爱，她不愿说出自己的秘密，她从来不识字的秘密。

此时，她的爱，那么卑微弱小。寂寞而无望地眷恋一个人，爱着，心心念念，直到死去。

如果，爱是一种持久忍耐，然而，活着何尝不是持久忍耐？

汉娜在她出狱之前的晚上，在狱中自杀。这是读者预料之中的事，这是故事到此应该发生的事情。因为，她没有可以回归的家园。米夏是她的家园吗？在精神上米夏是她心灵的故乡，而现实中，她的家园在哪里？也许，死亡是她永远的故乡。她的绮年玉貌，在他的朗读声中一点一滴地流逝。他美好动听的声音，是她的幻想，她的梦境，她的希望，也是她的生命，她情愿睡在梦中不要醒来。

沉静而冷峻的文字，像一把锋利的匕首，直刺人的心灵。

米夏来监狱收拾她的遗物，他看见汉娜的床头竟然贴着他的照片。那是一张学校毕业典礼的照片，这张刊登在报纸上的模糊的黑白照片，他不知道，目不识丁的汉娜如何在一沓沓的报纸上找到了它。它不是贴在床头上，而是镂刻在她的心底。米夏跪在汉娜的床头，强忍着不让眼泪流下来。

悲凉而忧伤弥漫的故事，原来是让人欲哭无泪的。

有些爱，是一朵洁净的睡莲，一生盛开在她心里，任似水流年，它永远不会凋零枯萎。生命短暂，而爱情永恒。汉娜的死，成全了她的爱，成全了她的尊严。

再卑微的爱都不可轻视，都值得敬重，不是吗？就像每一棵小草都会开花。

点评

人生最宝贵的财富，就是信念、希望和爱。本文以细腻、温和的笔触，描写人在爱情中的无奈、美好与忧伤，发人深思。

爱的天堂

那一年,故乡的白鹿原落了罕见的一场雪。

大雪纷飞的黄昏,八岁的小女孩坐在祖母的土炕上,读《卖火柴的小女孩》。那是上小学的姐姐语文课本中的一篇。她读到小女孩扑进奶奶的怀抱,奶奶带着她飞了起来……女孩含着泪,趴在雕刻着兰花、垂柳的木窗棂上向外张望,窗户上贴着祖母剪的红红的窗花,有雪中蜡梅、喜鹊报春。她似乎还看见满头银发的祖母瘦小而忙碌的身影,祖母抬起头望着她,脸上笑成一朵盛开的菊花。

可是,她什么也没看见,落雪无声,落泪无声。女孩伸出手去,第一次触摸到心底无限的悲凉。她终于知道,小村外的松树林里,黄土坟茔中的祖母再也不能回来。她问:"奶奶,下雪了,你冷吗?"

长大后的女孩做了母亲,有了一个活泼的小男孩。她给这个亮眼睛的小男孩买的第一本书就是《安徒生童话》。她要让他从小沐浴在阳光一样的爱中。她想告诉他,这是一位伟大的父亲写下的故事。他一生写下一百六十部童话故事,他虽然没有自己的家庭和孩子,但是,他是天下所有儿童的父亲。

安徒生出生在丹麦欧登塞城一个贫寒的家庭,父亲是鞋匠,温柔的母亲常常为小安徒生的奇思妙想而自豪不已。他们不知道这个从小异想天开的孩子长大了能做什么,他一会儿想做演员,一会儿想做歌唱家。他们没有打击过他的梦想,贫穷的父母没有给他一份优越的生活,可是给了小安徒生一双飞翔的翅膀。

十一岁时,父亲去世了,本来一贫如洗的家庭更是雪上加霜。年少的他更加刻苦努力,在求学期间,他阅读歌德、莎翁的作品以及大量的丹麦古典文学作品,这个孤独勤奋的少年仿佛在黑暗的大海上漂泊,终于看见远处的一点点灯光。从此,他开始了长达几十年的创作,他握住手中的笔,再也没有放下。在他的戏剧和童话故事中,他寻找到春天、飞鸟、大海和阳光。生活的困苦和磨难并没有泯灭他的天才,二十多岁时,他的第一首诗《傍晚》得到人们的好评,他的第一部戏剧轰动了文坛。他就像那只丑小鸭，经过生命的严冬，变成一只展翅飞翔的白天鹅。

这位在困顿与挫折中长大的年轻人，给予世界的不是愤怒和仇恨，而是大海一般深沉的、阳光一般温暖的、细雨一般湿润的爱。他从荆棘的路上一路走来，洒下花朵般的诗歌和童话。他自二十六岁起开始他终其一生的漂泊，一支笔，一根手杖，简单的行囊，游历了欧洲大部分国家。但是他一生不曾摆脱贫困的生活，他常常裹着一条旧毯子，怀揣着梦想和爱，忍受着孤独和寂寞，在寒冷的冬夜里写下《海的女儿》《蝴蝶》……

在帕乌斯托夫斯基的小说《夜行的驿车》的诗意的诉说里，我们看见年轻时怀揣着对美好爱情的向往的安徒生。

一次孤独的旅行中，他遇见一位美丽的女子艾琳娜。他们萍水相逢，一见倾心。她也认出这个幽默睿智、才华横溢的人就是安徒生。但是，为了童话，他选择离开。他说，或许由于爱情，无数色彩斑斓的童话会黯然失色，一去不复返。他与她道别。艾琳娜说："去吧，让您的眼睛永远微笑着，不要想我。日后，假如您由于年老、贫困和疾病而感到痛苦，您只要说一句话，我会越过积雪的山岭、茫茫沙漠到万里之外去安慰您。"安徒生落泪与他深爱的人匆匆离别。这时的安徒生，多么像他笔下的海的女儿、纯真而怀揣爱情梦想的美人鱼，他每一步行走都是刻骨的思念和煎熬，都是眼泪和疼痛。可是，他曾经那样近地触摸到了幸福。

此后，直到七十岁的安徒生离开人世，他们没有再见面，但是，他们终生相互怀念着对方。其实，真正的爱，只有相互守望，从没有生离死别。

点评

作家安徒生的一生创作过无数温暖动人的童话故事，照亮了无数孩子暗淡的童年时光，可是他终其一生孤苦漂泊，没有家庭、孩子，他将大海一样宽广的、炉火一般明亮的爱，化为一双温暖的手，伸向了一双双孤独寒冷的小手。

玉　　碎

秋雨潇潇的夜晚，我再次翻开翻译家傅雷的《傅雷家书》，仿佛又看见戴着眼镜的作家伏在桌前工作的身影。那是半个多世纪以前傅雷写给留学海外的儿子傅聪的书信，正像楼适夷先生的评价，这是一部最好的艺术学徒提升修养的读物，这是一部充满父爱的苦心孤诣、呕心沥血的教子篇。

傅雷给予孩子的教育，是一般父母无法给予的。他亲自编教材，用毛笔认真抄写课本，给孩子讲解，为他们打下中国古典文学的根基。在《傅雷家书》中，他这样写道："孩子，我虐待了你，我永远对不起你……孩子！我要怎样的拥抱你才能表示我的悔恨与热爱呢！"字里行间，如杜鹃啼血，一颗拳拳爱子之心跃然纸上。那是一位刚烈率真又柔情似水的父亲，他对孩子严厉的教育中，饱含着多少化不开的浓情和炽热的爱。

想起多年前在深夜的火车上，我第一次读到关于傅雷夫妇去世的资料，那一刻，有一份疼痛离我很近，对于作家断然离去的伤感填满我心灵的每一个空间。车上的人都已经沉沉睡去，没有人知道，那位女子为什么会在暗夜里落泪如雨？

日本作家在纪念老舍先生的一篇文章中说，玉的碎片直刺人的心肺，让人疼痛不已，这样的生命离去，再也无法复制！我无法想象，在半个世纪前那个秋日的夜晚，到底发生了什么？或许那一晚电闪雷鸣，狂风大作。整个大上海正是山雨欲来风满楼。傅雷几乎已经闻到风雨的气息，他不是惧怕狂风暴雨，他是不能忍受这样黑白颠倒的屈辱，他像一枝直入云霄的翠竹，宁折不屈。只是那一晚，书桌上打翻的墨水一瞬间污染了所有的稿纸，再没有一块干净洁白的地方。傅雷和夫人决然走向另一个没有风雨的世界。他的愤然离去是宁为玉碎不为瓦全，这是何等高洁的人格啊！一身傲骨的他，以这样决绝的方式捍卫自己的尊严。

说起作家傅雷，不能不提他温柔端庄的妻子朱梅馥。她在给儿子傅聪的信中写道："我虽不智，天性懦弱，可是靠了我的耐性，对他无形中或大或小多少有些帮助，这是我觉得可以骄傲的，可以安慰的。我们现在真是终身伴侣，缺一不可的。"正是这样的"缺一不可"，在先生离去的路上，一路有她陪伴，生死相随。傅雷写好最后留在人世的文字，依然安排得井井有条，细致严谨，云淡风轻，那仿佛不是告别人世的遗书，而是像要出远门的人留给家人的书信，他只是要回去，和她一同归去，她牵着他的手，无怨无悔。

一直认为，人世间最美的爱情不是花好月圆的完满，而是历经沧桑的两个人走到生命尽头的时候，还能说，与你相伴今生不悔。几乎所有的爱情在他们面前顿时黯然失色，谁能像他们一样患难与共，生死也相随？那一夜，天上有两颗璀璨的星辰瞬间划过黑暗的夜空，留下耀眼的光芒照亮了多少双迷茫的眼睛，震撼了多少颗正直善良者的心灵，也谱写了一曲中国文坛凄美的千古绝唱。

后来，我在电视访谈节目中见到他们的儿子——著名音乐家傅聪。他说："我现在回想起我的父亲，虽然事实上，我已经比他多活了五年，可是我感觉自己好像还是个孩子，我印象中父亲在他年轻的时候，已经高不可攀。"

我想，这就是高山仰止吧。傅雷先生，在人们心中永远有着这样的位置，你想到他会不由自主地抬起头来，会不由自主地仰视他。他像一座精神的丰碑，他像一座巍峨的高山，任时光流逝，岁月变迁，永远令人敬仰和难忘。

点评

本文题目让人震撼，夹叙夹议的手法运用得炉火纯青，塑造出翻译家傅雷先生玉石一般的品格。

月光音符

茶楼的下午是安静的，没有几个客人。周围流淌着若有若无的音乐，将我轻轻地包裹。这样的下午，和好友品一杯清茶，享受音乐的愉悦、友情的芳香，寻常的午后便添了几分诗意。

电视里正在热播韩剧《蓝色生死恋》。剧中音乐如叮咚的泉水一般流淌而出，让人想到有月光的晚上，想起年少时的那把木吉他。剧中男主人公骑着单车，后面坐着他花朵一般的妹妹。道路的两旁是绿油油的一望无际的田野和色彩缤纷的野花，画面里他们恍若远离凡尘的仙子，纯净、美丽。空气中流淌着那首熟悉的吉他曲《爱的罗曼史》。我闭上眼睛，静静地倾听，那天籁般的声音。还记得它谱上的歌词：

你是我池塘边一只丑小鸭，
你是我月光下一片竹篱笆，
你是我小时候梦想的童话，
你是我的吉他。

还记得菁菁校园的那些日子，我迷恋上了那把木吉他。迷恋它仅仅是喜欢齐豫的《橄榄树》，那时正在痴迷三毛的作品，没想到三毛的诗《橄榄树》，在齐豫玻璃般声音的诠释下，显得空灵绝妙，超凡脱俗，充满少女美好的梦想与向往。好想和三毛一样，背着一把吉他去远方漂泊流浪。迷恋木吉他激情的伴奏，迷恋它纯净清澈的音色，迷恋它在齐秦的柔指下演奏的《狼》和《花祭》的旋律，它那样一点点向你的心灵浸透，像月光一样充盈了心灵的每一个角落。

而后和男生切磋琴艺，勤奋而虔诚，星期天去听“大师级的人物”讲吉他，教室里是一双双充满渴望期盼的目光。弹拨着琴弦，像弹拨着春天，手指渐渐灵活，渐渐从红肿到长满老茧，不再有小女生的玉手纤纤。等到已经可以将吉他曲《罗密欧与朱丽叶》《爱的罗曼史》《瑶族舞曲》弹得令男生羡慕，自豪和骄傲写在稚嫩红润的脸上。常常在洒满月光的阳台上，和几个弹吉他的朋友合奏一曲《彝族舞曲》，泉水般的音符在我们的手指下悄悄地流淌，像月光下的舞者，几分忧伤，几分年少的惆怅和向往。夜渐渐深了，依然沉醉不知归路。

后来和弹吉他的朋友说起往事，说起年少时的那把木吉他。他说："那是你生活的一部分，音乐是你独特气质的养料。"我一时不知道如何回答。他说，他正在听许巍的歌——《蓝莲花》，许巍唱着："心中那自由的世界，如此的清澈高远，盛开着永不凋零，蓝莲花……"那是生命最初的呐喊，像张楚的《姐姐》、郑钧的《回到拉萨》，摇滚乐让吉他将它的狂放、激烈的音色发挥到极致，那些来自生命最本真的声音让我们内心流泪，心灵震撼。

以后再听齐秦的《痛并快乐着》，远远没有当初的脱俗和空灵。我想，一个中年的男人，如果还在爱情的旋涡里盘旋，他大概已经逃脱不了江郎才尽的命运。喜欢听李宗盛和罗大佑的歌，显得如此气势恢宏，写尽芸芸众生的百态，让人回味无穷，意犹未尽。李宗盛和林忆莲的《当爱已成往事》，将他们的音乐推向巅峰。也许真的是爱情的力量，他们将电影《霸王别姬》的插曲唱得百转千回，似水柔情，意乱情迷，一往情深。作家李碧华谈张艺谋导演的电影《摇啊摇，摇到外婆桥》时说，看了这部电影，就知道导演已经不爱巩俐了。我笑了，笑女作家敏锐的目光和感性。

是啊！美的东西我们永远无法定义它，但是我们能一眼就认出它。比如，好书，好字，好音乐，好电影，还有好的人。

成长的岁月里，渐渐懂得欣赏蔡琴、齐豫、王菲的歌，一直觉得她们的歌充满灵气、风情，有女性的细腻和妩媚，唱尽人间的悲欢离合，爱断情伤。像蔡琴的《出塞曲》，如此忧伤和空灵，仿佛在追寻，在祈祷，在向往。她们常将诗人席慕蓉、三毛、余光中的诗歌拿来唱，唱得如此韵味悠长。朋友这样评价，齐豫、蔡琴她们是用灵魂来唱歌的，绝妙的评价！有些人一出手就灵气逼人，才华横溢，有着你无法抗拒的魅力，这样的人，就像作家张爱玲。我想，好文章如此，好音乐也是如此。

有时，我们内心的感动来自音乐对心灵的一次次震撼和洗礼，它像月光一样，给我们的心灵以抚慰和光亮。听好的音乐，像沐浴在皎洁的月光里，心灵一瞬间变得洁净透明，我们的心灵仿佛照进一轮明月，洒进一片星光，更像在用耳朵喝酒，沉醉不知归路。

点评

本文仿佛一首深情缠绵的乐曲，流淌在我们逝去的岁月里，生生不息。音乐像如水的月光一样，给我们的心灵以抚慰和光亮。

读鲍尔吉·原野

翻开鲍尔吉·原野的散文集《银说话》，就看见一幅彩色的图画，一个四五岁的小姑娘，一张红彤彤的小圆脸，头上包着红艳艳的头巾，穿着一件淡蓝色的蒙古袍，一张笑脸，像花儿在清晨遇见太阳一样。她张开大嘴，似乎在呼唤妈妈回家。她的身后是一望无际的金色原野，身旁端卧着一匹骆驼，伸长了脖子，高贵从容，也张大嘴巴向远方呼唤。它一定听见小女孩呼唤妈妈，就忍不住也呼唤它的妈妈回家。孩子、骆驼、草原构成一幅和谐、安详、静美的图画。

作家鲍尔吉·原野是蒙古族人，他写草原的文字一清如水，诗意流淌。如果，孩子在苍茫的暮色里用天籁般的童音呼唤妈妈回家，那么，鲍尔吉则是用文字的脉络，织就一条回草原的路，回家的路。

读他的散文，就如同置身绿绸缎般的草原，让人眼睛湿润，心灵明亮。草原上开满不知名的小花，姹紫嫣红，蝴蝶、蜜蜂在花丛里唱着歌。我捧着他的文字，就变成那个穿着蒙古袍的小姑娘，奔跑着，寻找着，满目芳草，令人心旷神怡。

胡四台隐藏在碧绿草原的深处，他笔下的无限柔情都给了那里的花草、马儿、羊群、落日、亲人。读他的文字，让人想起日本作家德富芦花的《自然与人生》。只有内心干净的人，文字才简洁干净。他有一颗天真未泯的心，一个内心浮躁的人是写不出这样的文字的，他的文字流淌着诗一样的柔情，有着田园牧歌的意境。

他的文字犹如一条清澈的大河静静流淌，两岸横着苍苍的翠微，让人心旷神怡。有时，又像一曲蒙古长调，有黄昏一般的惆怅、大山一样的苍茫。他写过：忧伤背后一定有一个没有实现的巨大的愿望，我想就是回到草原去，盘腿坐着喝酒，眯着眼睛看门外的牛羊……

在牧人眼中，马儿从来都是草原的王子。他这样写马儿："白马站在门前，阳光洒在身上，好像盘算一天的农事。""如果马会说话，吐露的必是诗一样的柔情。”“马向我们致眨眼礼，睫毛俊美。”是啊，鬃毛飘飘的马群，背着落日回家。读他的文字，人不由得抬起头来，将目光投向远方，似乎看见梦里的草原，水草丰美，沃野千里，绸缎般的草原，悠闲的羊群，金色的落日，袅袅的炊烟……

他的文字是让有韧性的人慢慢来读的，那是用手指和心灵揣摩着的一块碧玉，温润、透亮、暖心。他的文字是给潜心写作的人来读的，不写作的人大概没有那份耐心，而好文字从来都是耐得住寂寞、经得起细细琢磨的。那些文字信手拈来，浑然天成。好像他蹲在蒙古包前喝酒，喝到微醺之时，顺手拈来天边一块云霞，写下：“在胡四台，草木山川甚或人的相貌都是为蒙古民歌而设，苍凉恒远，像天空飘来的绸子。”

他关于音乐的文字同样才情非凡。他写道：“听巴赫的时候，我想起麦浪的馨香，有秸秆的甜味。麦子整整齐齐站在平原，云的黑影不断从上面降落并升起。尖锐的麦芒长在麦子身上竟很和善。麦浪使空气暖烘烘的，使人想站在麦浪的岸上脱帽致敬。”好文字从来都是感性的，舒展而从容，这段文字令我想起作家苇岸关于麦子的描写。这位英年早逝的作家，留给人们的是温暖、明亮、深邃的文字：“麦子是土地上最优美、最典雅、最令人动情的庄稼。麦田整整齐齐摆在辽阔的大地上，仿佛一块块耀眼的黄金。”读苇岸的文字，我闻见了麦子特有的芬芳。

随着年龄的增长，渐渐与自然亲近起来，泥土、青草、云朵、蛙鸣、花香，我在鲍尔吉·原野的文字里，回到生命的最初。爱默生也认为：“劳动……它使我们自己与泥土和大自然发生基本的关系。但是，在这个世界上，有一部分人，一生从未踏上土地。”所以，鲍尔吉·原野是有福气的人，胡四台是一枚藏在草原深处的珍珠，没有在胡四台出生和成长的鲍尔吉·原野，他的根永远在这里。因为他是草原的一棵青草，他熟悉这里的牧人、羊群、落日、民歌，仿佛他与草原从未分离。

我曾和文友说起鲍尔吉·原野，了解他的人不算多。我想，有的书是写给少数读者的，也许，小众的读者，更能鉴别一位作家的品质。书店里热卖和畅销的书，是让出版商很赚钱的书。那些书就像一位打扮时髦靓丽的女子，若没有内涵和智慧做底蕴，也终究逃脱不了年老色衰、被人抛弃的命运。

真正对人类有意义的好书，往往有少数固定的读者，它孤清、有格、有节。如同一个人，不矫情，不随波逐流，不做媚世之态。我以为，鲍尔吉·原野就是这样的作家。

点评

本文解读了著名散文家鲍尔吉·原野，行文清丽细腻，一清如水，诗意流淌，深情款款。

飞扬的芦花

我在书店买了本《海子作品精选》。翻开书的扉页就看见海子的照片，一双清澈的眼睛，满含笑意，如同春天的早晨。下巴上留着胡子的一张脸颊，却掩饰不住孩子般的纯净和率真。

多年前，喜欢海子是因为他的诗：

“姐姐/今夜我在德令哈……草原尽头我两手空空/悲痛时握不住一颗泪滴。”

“芦花丛中/村庄是一只白色的船/我妹妹叫芦花/我妹妹很美丽。”

海子其实没有姐妹，而他的姐妹们在他的诗歌里永生。

有人去海子的家乡凭吊海子。海子的母亲和他走在田埂上，海子躺在故乡的松树林里，远处是荷塘、芦花、草地和庄稼，深秋的风狂野地吹着，可是却吹不干母亲眼里饱含的泪水。

海子的母亲说，海子从小就很聪明，三岁时学着识字，而且过目不忘。天资聪颖的海子十五岁从安徽青阳考入北大，十九岁从北大毕业在中国政法大学任教。海子的美学课很受学生欢迎，学生经常要求他在下课前十分钟朗诵他的诗歌。

蹒跚走在查湾田埂上的白发的母亲，竟然能随口吟诵海子的诗句：“从明天起/关心粮食和蔬菜/我有一所房子/面朝大海/春暖花开。”看来，最懂得和疼爱海子的人，大概就是母亲了。母亲说，这些年，时常有许多人不远千里来看望海子，他们询问海子的过去和童年，母亲的眼中就常常含着流不尽的泪水。他们叫他——诗人海子，只有母亲叫他海生，故乡的人们叫他海生。

他的诗歌《四姐妹》：“荒凉的山冈上站着四姐妹/所有的风只向她们吹/所有的日子都为她们破碎。”

海子的姐妹也许是他爱过的女子，我想。可是，海子除了是一位诗人，也是一个普通人。在寒冷的尘世间,如果她能给他一点儿暖意,如果寒夜里有一盏灯火在等他,有一个美丽的女子等着他回家,他也许就不会决绝地离去。这位天才诗人,即使在深沉的黑夜里他的心灵也是醒着的,所以他注定比平常人体会到更多的疼痛和苦难。

有一种花叫夕颜,它长在篱笆外,溪水边,它只开在清晨的露水中,太阳一出来就收起花瓣,枯萎了。就如同海子的生命,还没有完全盛开就凋零了。天才是否都这样?美好,脆弱,短暂,命如夕颜。

海子走后,他的朋友去北京昌平他的住所看看。简陋的房屋,四壁空空,除了数不清的书,墙上贴着一张梵高的油画。他的房间里没有电视机,甚至没有录音机和收音机。诗人是在清贫、孤苦、寂寞中坚持他的写作,他不会跳舞、唱歌、打牌和其他的娱乐。现实生活中的海子没有一所房子,能面朝大海,春暖花开。他却在这里写下村庄、麦子、芦花、大海、姐妹、母亲。他写下遥远的故乡和土地,他写下爱。

如今,海子静静躺在查湾的泥土中,能看得见远处的一丛丛雪白的芦花,看得见芦花丛中的村庄和母亲。海子应该安心了。

点评

本文叙事怀人,哀而不伤,娓娓道来,将一份深情的怀念植入读者心灵深处。诗人海子永远是大地的赤子。

不负丹青

多年前，第一次被吴冠中先生的画深深吸引，那幅画名《春如线》。千丝万缕的线条，密不透风地铺满画面，只觉春风拂面，柳丝如烟。浓淡相宜的线条中点染桃红点点，翠绿滴滴，春的气息迎面扑来。他的水墨画是抽象的，却画尽春之神韵。他不画林间呢喃的紫燕，不画桃花开遍陌上，只画风中如线的柳条，寥寥数笔，春意盎然。他在随笔中写道："用线来绘写春天，表现春光之易逝。"是的，留不住的不仅只是春光，还有青春韶华，昨日满头乌黑的秀发，转眼间，青丝已化为暮雪。谁的人生不是这样？

他的作品画江南水乡的居多，因为，他的家乡在江苏宜兴。早年间，他留学法国，然而在他心中，故乡是一棵没有年轮的树，永不老去。一缕乡愁在游子心头，剪不断，理还乱。他画故乡的粉墙、黛瓦、垂柳、小巷、流水、花草，一画就是半个多世纪。

有一幅画，水边泊着一叶孤舟，静寂的水面上，小舟的倒影如画，越发显出水的宁静和淡泊，又有"野渡无人舟自横"的闲逸。此时，诗画之美，痴痴缠绕，相依相伴。

另一幅画中，水边杨柳如烟处，有几座粉墙黛瓦的小屋。屋旁几枝桃花嫣然一片，燕子在空中轻灵地掠过。在一座石拱桥上，点染几点桃红，几滴瓦蓝，你依稀看见石桥上走来几位婀娜的女子。天空落了细雨，身着蓝底白花衣衫的女子，微微低着头，如水的眼眸，尖尖的下巴，如雨中飘来的一朵白莲。她撑着一把油纸伞，袅袅婷婷沿着青幽幽的石板路走来，不由得让人想起"落花人独立，微雨燕双飞"的诗句。

他的画中有诗，画中有情，画中有禅意。

石涛说：山水画必须有人，才算是逸品。小桥，流水，人家，浑然一体，佳偶天成。也许，美到极致的东西，永远都是最自然的。

他在随笔中写道，大自然的雕刻家创作了无数似与不似的佳作。至于是杰作、佳作还是平庸之作，那主要还是需从形体的美感上去衡量，像不像、美不美不能等同。

我很喜欢他的另一幅画《冰雪残荷》，大大小小黑色的墨块构成水中残荷，卷曲凋零的荷叶，枯萎的莲蓬，一派萧瑟之气，似一声惆怅的叹息。忽然，只见黑色的枯枝上落着一只红艳艳的蜻蜓，忽闪着双翅，活泼的，明丽的，轻盈的，呼之欲出，跃然纸上，让人寒冷灰暗的心一下子光亮明媚起来。此时，令我不由得沉思起来，既然画的是冰雪残荷，是霜严雪寒的季节，哪来的红蜻蜓呢？而后，在他的随笔中找到了答案。其中写道，1966 年的寒冬，他在北京的北海公园看见一池的残荷，已经没有“留得残荷听雨声”的雅兴。那时，正是山雨欲来风满楼，他已被某些人剥夺了作画的权利，他的心就如同一池残荷，被霜冻在残酷的严冬。三十年里，他心中的残荷还在，心头的红蜻蜓一直轻盈地飞舞着，那是暗淡岁月里舞动的、鲜活的、永不熄灭的生命的光亮，蕴含着无限的生机。于是，直到 1996 年，他才提笔创作酝酿了三十年的《冰雪残荷》。

节日里，见街头有画展。几十米的山水长卷，描绘山川河流，看似气势磅礴，却觉寡淡无味。然而，吴先生的画，犹如一首唐诗，一阕宋词，美在意境，意蕴悠长。张大千这样说：“写意两个字，依我看来，写是用笔，意在造境。”我说，写意画就如同苏州园林中的一处水榭，一弯秋水，一扇花窗，一个长廊，让人品味出不同的意趣，那是东方文化孕育的古典、含蓄、优雅、韵味，不必说，不可说，尽在画里，直逼人的内心深处，余韵幽幽。

吴先生的散文，简洁凝练，真挚饱满，洒脱率真，自成一家。散文集取名《画外音》，多好的书名，他几十年呕心沥血潜心作画的幽幽心音、辛酸甘苦，无处诉说，后来都留在文字里，开出了朵朵青莲。

他说：“如果石鲁到了美国不回来，就没有石鲁；如果鲁迅当年不从日本回来，也就没有鲁迅。我这个苦瓜，只能结在苦藤上，只有黄土地的养料适合我生长。”是的，他将一生的爱和心血浸透在黄土地上，他写过：“隔着网看那遥远的渔船帆影和初透水面的芦苇新叶，帆影满湖芦芽短，是诗是画，我的故乡是诗画之乡。”那些文字情真意切，一颗爱自然、爱故土的赤诚之心跃然纸上。

他的一生真可谓不负丹青。他的一生和湖光山色在一起，和俊林秀木在一起，和鸟语花香在一起，和笔墨丹青在一起，他是有福之人。大师走了，那支彩笔渲染的美和他画作中的春天，永远留下了。

点评

本文依画作文，文采斐然，文笔清丽温润，如一串珍珠散落于吴冠中的画中，是赏析，是品读，文字与吴先生的画交相辉映，有一种静谧唯美的意境。